マイ・ディア・ポリスマン

小路幸也

祥伝社文庫

一　宇田巡　巡査

「このベンチってさ、俺が子供の頃からあるんだけどさ」

「そうなのか」

〈東楽観寺前交番〉の入口脇にはコカ・コーラの真っ赤な木製のベンチがある。

ただ、元々の赤色のペンキは全部はげ落ちて何度も塗り替えているので、本当にコカ・コーラのオリジナルの木製ベンチなのかどうかはわからない。

そう言ったら行成は軽く首を横に振った。

「いや、間違いなくコカ・コーラだった。それは覚えてる」

「そうなんだ。それで？」

「いや、俺が言うのもあれだが、交番の前にこういうベンチが置いてあるって珍しいんじゃないのか？　そもそも何で置いてあるんだろうな」

何で置いてあるのかも、交番の入口脇にベンチを置いていいのかどうかも調べないとわからないけれど、ここ〈東楽観寺前交番〉はいろいろと【特別地域事情要件】がある交番なので、全部がそれで許されているんだろう。

「なんだその【特別地域事情要件】っていうのは」

そのコカ・コーラのベンチに座ってまだ五月だっていうのにアイスキャンディーを美味しそうに食べているのは、交番の後ろに控える〈東楽観寺〉の副住職だ。

つまり、住職の息子。

大村行成。

昔は〈ゆきなり〉って呼んでいたのに、今はお坊さんになったので〈ぎょうせい〉って音読みするらしいけど、友達の間ではそのままでいいって言ってる。

「要するに、〈交番〉というものはその地域にしっかりと根付いていかなければならないんだから事情を鑑みて柔軟に対応せよ、ってことかな」

「なるほど」

行成が頷く。その拍子につるつるに剃り上げてある頭が光る。お坊さんになったんだからもうちょっとふくよかな感じの方がそれらしいと思うんだけど、行成の坊主頭と顔つきはあまりにもシャープすぎてコワイと思う。スーツを着たらどこかの暴力団の若頭みたいだ。

「たぶんこのベンチは昔に誰かが厚意で交番に寄付したものであって、本来ベンチなんか邪魔だから置けないんだけど、そういう地域の皆さんのご厚意を無下にはするなってことだな」

「そういうことだねきっと」

行成はベンチに座ってアイスキャンディーを食べているけれど、僕はもちろんその脇で、入口前に両足を肩幅に広げて真っ直ぐ立っている。腕は何が起きてもすぐに動けるようにわりと楽にぶらぶらさせている。ずっと同じ姿勢だと固まってしまうからだ。

周囲を見回しながら立番。時刻的にもそろそろ通勤通学の時間なので無駄じゃあない。

この交番では基本的には立番はしなくてもいいんだけど、まさか一緒にベンチに座って無駄話するわけにもいかないし、朝の境内の掃除を終えて道路向かいのコンビニでアイスキャンディーを買ってここで食べながら僕と話すのが行成の憩いのひとときだっていうから、放っておくのもかわいそうだし。

「そうか」

頷きながら行成が言う。

「なんだい」

「ようやく今納得した。どうしてうちの境内に小屋があってそこに交番のお巡りさんが入れ替わり立ち替わり住むのかが。それも【特別地域事情要件】ってわけだな」

「え、今さらそれを納得するの？」

「お前が来るまではただそういうものなんだって思ってたからな。それが日常だったたから疑問を持つこともなかった」

「あぁ、なるほど」

小さい頃からそれがあたりまえだったから疑問を持つこともなかったっていうのは、わかる。そのあたりまえの中に、突然今までの見知らぬ警察官とは違う、僕という小学校の同級生が警察官になって飛び込んできたから意識したってことか。

そうなんだ。

ここ〈東楽観寺前交番〉はその名の通りお寺である〈東楽観寺〉の入口のすぐ脇にある。

まるでお寺を守る守衛の詰所みたいになっていてどうしてここに交番ができたのかは調べてない。でも、この坂見町は元々は門前町として栄えた町みたいで、お寺を起点にして〈東楽観寺商店街〉が始まっている。何となくその辺の経緯なのかなって思う。

そして、ここに越してくるにあたって住居を用意する必要はなかった。交番のすぐ裏側、くっつくようにしてお寺の境内にまるで六角堂のようなこぢんまりした建物があって、そこが交番勤務の独身警察官の住居としてあてがわれるんだ。

内部は二階建てで一階が居間と台所とお風呂とトイレ。二階には八畳間と四畳半の二間の和室。窓を開ければそこはさほど大きくないけれど木々が立ち並んだ緑豊かなお寺の境内で、野鳥の声やリスの可愛い姿で毎日の激務の疲れを癒すことができる。

　おまけに僕は〈東楽観寺〉の跡取り息子である行成の小学校のときの同級生で、十何年ぶりで再会した行成のお母さんは懐かしがって喜んでくれて、毎朝一緒にご飯を食べなさいと言ってくれるので食費がすごく助かっている。

「二ヶ月ぐらい経ったか？」

　アイスキャンディーを食べ終わったあとの棒を、脇に置いてあるゴミ箱に入れた。このゴミ箱もたぶん【特別地域事情要件】で、交番の持ち物ではない。〈東楽観寺〉で用意してあるものだ。

「そうだね」

　僕がここに配属されて二ヶ月ぐらいが過ぎた。

「慣れたよな」

「慣れたね」

　意外にすぐに溶け込めたのは行成や、行成のお父さんである住職の成寛さんやお母さんがいてくれたお陰であると思うから、感謝してる。

「あれだな」

「なんだい」

「俺は寺の息子で僧侶のくせに、これまで人の縁なんてものをしみじみ感じるなんてことはなかったんだけどさ」

「それは、僕らがまだ若いからだろう」

「それもあるな。でも、まさかお前がここに来るなんてさ、縁以外の何ものでもないだろ」

「そうだね」

僕と行成が同じ学校で同級生だったのは、小学校の三年間だけだ。三年生の冬休みに親の仕事の都合でこの町から引っ越してしまって、それっきり何の交流もなかったんだ。

でも、その三年間に僕と行成の間には印象深い出来事がいくつか重なったことがあって、それで行成のお母さんも僕のことをしっかり覚えていた。覚えていたというか、おばさんによると忘れたことはなかったそうだ。

「行成」

「なに」

「仕事、じゃなくてお勤めに戻らなくていいのか。僕も暇だったらずっと喋っていてもいいんだけど生憎そうでもないから」

「それがな、巡」

「うん」

行成が真正面を眺めながら言う。

「右側の電信柱の陰で女子高生がちらちらとこっちを見てるんだけど、あれが気になってさ」

　そうなんだ。

「実は僕も気になってたんだ」

　出勤や通学の時間。それのピークにはまだ少し早いかもしれないけど、女子高生が道にいても不思議じゃない。

　でも、明らかに隠れている。

　セーラー服の女の子が、たぶん本材町(ほんざいまち)にある榛(はしばみ)高校の生徒さんが、五メートルほど離れた電柱の陰に隠れてこっちの様子を窺(うかが)っているんだ。

　五分ぐらい前から。

「わかってたんだけど、行成の知ってる子？」

「いや、檀家(だんか)の子だったら大体わかるんだけど知らない。でも確かに見覚えはあるな」

「カワイイ子は皆覚えてるんだろう」

「その通りだよお巡りさん。ここを通学路にしてる子だろうから少なくとも町内の子なんだろうけど、ああやってるのは危ないヤバい子かな。不思議ちゃんかな。放っておいて関わらない方がいいか？」

「いや、お坊さんがそんなこと言ってたら駄目(だめ)じゃないか。どんな人でも受け入れて話を聞き説法(せっぽう)するのがお坊さんだろう」

「警察官だってそうだろう」

「そう、だね」

市民の安全を守り、犯罪を防止し、あらゆる事故を未然に防ぐ努力をしなければならないのが、地域課地域対策係の警察官の役目だ。そうやって考えるとお坊さんと警察官って似たところがあるかもしれない。

「声を掛けてみようか」

一歩前に出て横目で確認した。また隠れてしまった。

もう一歩前に出た。これで姿がはっきり見えた。セーラー服の女の子がこっちをちらっと見たところで、眼がバッチリ合ったのですかさず笑いかける。

「おはよう！」

努めて快活に、優しい笑顔で。

これにはちょっと自信はあるんだ。何たって僕は二十五歳になったっていうのに、私服だと高校生に間違えられるほどの童顔なんだ。お陰で子供たちには絶大な人気がある、と、思ってる。

女の子が、ぴょん、と跳び上がるように背筋を伸ばした。伸ばした瞬間にこっちに走り出したと思ったらもうすぐ傍に来ていて、その瞬発力とスピードに思わず僕は身構えてしまったし、行成はベンチから跳び上がるようにして立ち上がった。

「おはようございます！」

すごい勢いでお辞儀をする。長い黒髪がまるで生き物のようにうねった。

「はい、おはようございます」

行成もちょっと動揺したのを隠してお坊さんらしく手を合わせて挨拶を返す。その様子に女の子も慌てたように手を合わせた。

「何か交番に用かな？　落とし物とかあった？」

「それともお寺に用事かな？」

二人でにこやかに笑って交互に言う。僕の笑顔は二十五の男にしてはカワイイと自負してるけど行成のはコワイと思う。

交番には入り難いという声ももちろんある。それは理解できる。僕も警察官になる前は何にも悪いことをしていなくたって、警察官がそこにいるだけでついつい緊張したりした。

「いえ、お寺には用事はありません」

さっき行成にはカワイイと言ったけど、カワイイよりはきれいと言った方がいい顔立ちをした子だ。立ち姿も背筋がすごくしゃんとしている。これは何かそういう習い事をやっていたのかなって思わせる女の子だ。

警察官は、まずその人を観察する。そういう訓練をして眼を養う。観察することによって、その人物がどういう人物なのかを推察する。いい警察官っていうのは、一瞬でその人のある程度のことを見抜いてしまうものなんだ。

自慢じゃないけど、年の割には観察眼に長けていると思ってる。それが大卒で警察官になった理由でもあるんだけど。

この子は、その凜とした姿そのままに、強い女の子だ。目的のためにきちんと確実に自分の力で進んでいくような女の子。

「実は、写真を撮らせていただけないでしょうかと思ったのですがいかがでしょうか」

丁寧ではあるけどちょっと変な言葉遣いなのは緊張しているからかもしれない。

「写真？」

訊いたらもう彼女はデジタルカメラを構えていた。

この子、動きがいちいち素早い。そしてスマホじゃなくてちゃんとしたデジタルカメラだったんだけど、さっきは確かに持っていなかった。どこから出したんだ？

「写真って、俺？」

作務衣、と本人は言ってるけど、どう見ても古くなった剣道着にしか見えない着物を着ている行成が笑顔で訊いた。

「いえ、副住職さんではなく、お巡りさんの方で」

「僕の」

写真を撮られてはいけないという規則はないけれど。

「別に構わないけど、どうして僕の写真を？」

彼女は、ちらっと辺りを見回した。それから、半歩近寄ってきて小声になった。きれいな眼をしている。まるで小さな子供の瞳みたいに透明な感じだ。

「実は私、マンガを描いているんです」

「マンガ」

なるほど。マンガ家志望の女の子なのか。それはちょっと意外だった。受ける印象からはあまりそういうイメージはない。

「それで、ですね。交番のお巡りさんを主人公にしたマンガを描きたいと思いつきまして」

「お巡りさん」

「その資料として、あの、制服を着ている立ち姿などを写真に撮らせていただけると非常に助かるのですが」

資料写真か。そうか。僕も若者だしマンガだってそれなりに読む。マンガ家さんがどうやってマンガを描いているかも、資料写真がどんなに重要かってこともなんとなく一応は知ってる。

後ろの交番の中で西山さんが立ち上がって入口に立ったのが気配でわかったので、振り向いた。

「構わないでしょうか、西山さん」

「いいんじゃないんですかねぇ。写真ぐらい、いくら撮らせてやっても」

西山さんが笑顔で頷いた。もうここに十年勤務しているベテランの巡査部長。交番詰(づ)めを十年っていうのは、とんでもない田舎(いなか)の駐在所ならいざ知らず、この辺ではありえないぐらいにかなり珍しいって話だ。

「あ、でもあれですよ。ＳＮＳとかで変なことには使わないって約束してくださいね」

「ありがとうございます！」

女の子が、また思いっきり頭を下げて髪の毛が盛大に揺れる。

「それじゃ、いいですか？」

「どうぞ」

どうぞと言って写真を撮られるっていうのも、少し恥ずかしい。どういう顔をして撮られればいいものか。

シャッター音が響く。

「何枚も撮っていいですか？」

「いいですよ。学校に遅刻しないようなら」

「じゃ、すみません、横からも後ろからも撮りますので、ちょっとその場で動かないでもらえますか」

「はいはい」

西山さんがそれを見てニコニコしながら交番の中へ引っ込んでいった。地域住民との触れ合いも、交番勤務の警察官の重要な仕事だ。行成はまたベンチに座ってにやにやしながら見てる。

そうだ。

「別に詮索するわけじゃないんだけどね」

女の子に言うと、カメラのディスプレイから眼を離して僕を見る。

「はい」

「榛高校の子だね？」

「そうです。あ、ごめんなさい。名前はならしまあおいと言います。楢の木の楢に島、あおいはひらがなです。二年生です」

楢島あおい。

楢島さんという名字は珍しい。僕の記憶が確かなら、ここから自転車で五分ぐらい、夕陽公園の付近、弥生二丁目にそんな名字のお宅があったはずだ。そこの子供だろうか。

「住所は坂見町弥生二丁目？」

訊いたら、シャッターをバシバシ切りながらあおいちゃんは頷いた。

「そうです！　夕陽公園の向かい側です。あ、すみませんお巡りさん」

「そいつの名前はね」

行成だ。

「宇田巡っていうんだよ。巡は巡査の巡だから、宇田巡巡査って書くとジュンジュンになるんだ」

余計なことは言わなくていいから。

「ジュンジュン？」

ほら、あおいちゃんの眼が何かキラッと光ってしまったじゃないか。

「じゃあ、ジュンジュンって呼んでいいですか？」

どうして女子高生って皆いきなりフレンドリーになっちゃうんだろう。

「そんな呼び名で呼ばれたことはないので勘弁してください。普通に〈宇田〉でお願いします」

「うたのお巡りさん」

「いやそれもちょっと」

子供番組じゃないんだから。

「宇田さん、ちょっとしゃがんでもらっていいですか」

「はいはい」

しゃがむ。何で僕は朝っぱらから女子高生の言いなりになっているんだろう。シャッター音がたくさん響く。

「あおい」

また女の子の声。気づかなかったけど顔を上げるとお寺の入口のところに女子高生が立っていた。境内を裏から抜けてきた子かな。

「おはようあんな」

「おはよう。お巡りさんひざまずかせて朝からそういうプレイ?」

プレイって。

「写真撮らせてもらってるんだよ。ちょっと待ってて」

シャッター音。

あんなちゃんと呼んだね。きっと同級生の女の子なんだろう。そして境内を抜けてきたってことはこの子も坂見町の子なんだな。

あおいちゃんとは正反対のショートカットの女の子。日焼けした肌が健康そうだから、部活はきっと外で行う競技の運動部だ。この子もあおいちゃんに負けず劣らずスラリとした肢体だ。涼しげな眼が印象的だけど、その眼で僕を見ている。

「お巡りさん」

あんなちゃんが呼んだ。

「はい」

まだ僕はしゃがんだままなので、あんなちゃんにも見下ろされている。女子高生二人に見下ろされたのはたぶん人生で初だと思う。

「先日は父がお世話になりました」

ぺこん、と頭を下げた。

「お父さん？」

「はい。タイヤの空気を抜かれた件で」

あぁ。

「確か、鈴元(すずもと)さん」

「そうです。娘です」

そうだったのか。〈鈴元整備〉の娘さんだったのか。それなら確か、杏菜ちゃんだ。杏(あんず)に菜(な)っ葉(ぱ)の菜、と、お父さんが言っていたので覚えている。

二週間ぐらい前だった。〈鈴元整備〉という小さな車の整備工場の敷地内の車のタイヤが、三台分パンクさせられていた。明らかに尖(とが)った錐(きり)のようなもので刺されていた。嫌がらせか何かということで届け出があったんだけど、その後に解決したと連絡があった。近所の子供の悪戯(いたずら)だったことが判明して、それは厳重注意ってことで処理したんだ。

「ところで楢島あおいさん」

「もうそろそろいいかな？　あまり時間を掛けるとちょっとマズイもので」

「はい」

「あ、はい」

シャッター音が止まったので、立ち上がった。やれやれ。

「ごめんね。一応勤務時間内だからそんなに長くは」

苦情が入っても困るんだ、とは言わない。警察官はそういう愚痴めいたことを一般市民に聞かせてはいけないんだ。

「ありがとうございました。あの、うたのお巡りさん」

わざと言ってるんだろうなこの子。

「今日というわけじゃなくて、帰り道にまた交番にお邪魔していいでしょうか。椅子に座ってる姿とかも撮りたいんですけど」

交番は事件発生などの緊急時以外は、いついかなるときでも地域住民を受け入れなきゃいけない。

「いいですよ。短時間ならいつでも」

「ありがとうございます！」

「でも、パトロールとかでいないときもあるからね」

「わかりました」

ペコン、と頭を下げる。一緒に杏菜ちゃんも頭を下げて、二人で小走りに〈東楽観寺商店街〉に向かっていった。

その背中を、行成と二人で見送る。足取りが軽い。身体そのものがすごく軽そうに思える。まるで彼女たちの周りだけ僕たちよりも重力が小さいみたいだ。

「元気だな」

「そうだね」

「俺らもちょっと前はあの中にいたのにな」

まったくだね、と思う。高校時代は七年前だ。その七年間に自分たちがすごく大人になったとは全然思えない。

「文集に〈高校を卒業したら、一年間に一グラムずつ魂（たましい）が重くなる〉って書いた子がいたんだよ」

「書いたって何だ。詩か何かか」

「そんな感じのもの。それを読んだときにすごく納得したような気がしたんだ」

「俺たちの魂はあの子たちより七グラム重いのか。まだまだ軽いな」

「軽いかもね」

少し苦笑いしながら行成の方を振り返ったときに、それが眼に入った。

真っ赤なコカ・コーラのベンチの上。

「行成、それは？」

「それ？」

明らかに女性ものの財布。

それが、座っている行成の隣に置いてある。

「あれ？　何だこれ」

「お前のじゃないのか」

「あたりまえだろ。女物だぞこれ」

「あの子の？」

あおいちゃんか、杏菜ちゃん。振り返ったら、もうその姿は見えなくなっていた。

「いや、あの子たちはベンチに近づいていない。それに俺はずっとここに座っていたんだぞ。財布なんか置いたらすぐにわかる」

「そうだよね。あ、触るのちょっと待って」

行成が財布を持とうとしたので、止めた。ポケットから白手袋を出してはめる。

「そんな大袈裟にするのか」

「一応ね」

手に取った。普通の二つ折りの財布だ。色は紺色に淡いピンクのライン。革製だ。開くと、カードや現金が見える。使い込まれてはいるけれども、そんなに古い感じはしない。

使用し始めてせいぜい二年かそれぐらい。それに、たぶん若い女性のものだ。年配の女性が使うにしては色合いやデザインが若向きすぎる。

行成と顔を見合わせてしまった。

「どうして、これがそこにあったんだろう」

「まったくわからん。少なくとも最初はなかった」

「そうだよね」

一体いつからそこにあったのかも、わからない。でも間違いなく最初、つまり行成と二人で話していたときにはなかったのははっきりしてる。覚えている。

そうなると可能性としては。

「あの子たちのどちらかの持ち物としか思えないんだけどな」

「いや、違うと思うぞ」

行成がお寺を振り返る。

「杏菜ちゃん、だったな。あの子は寺から来て、そこに立っていた。そしてお前はそこにいて、あおいちゃんはその向こうから写真を撮っていた。つまりどっちもベンチから二メートルぐらい離れている。そこからベンチには一切近づいていない。それは間違いない」

「そうだね」

その通りだ。

「そして俺はずっとここに座っていた。立ち上がったのはあおいちゃんが来たときの一瞬だけだ。誰がいつどうやって俺の眼を盗んで気づかれないようにここに財布を置けるっていうんだ」

確かにそうだ。どう考えてもベンチに財布を置くような動きは、あおいちゃんも杏菜ちゃんもしていなかった。

「ちょっと中に入ろうか。行成、お勤めはいいのかい？」

「まだ大丈夫だ。住職がいるんだから副住職はいなくてもいい」

そういうものでもないとは思うけど。

「落とし物かい？」

机に向かって書類仕事をしていた西山さんが、顔を上げながら黒縁(くろぶち)の眼鏡(めがね)を触って言う。

「それが、ちょっと不可思議な状況で」

財布を机の上に置いて、状況を説明した。西山さんが少し顔を顰(しか)める。

「そりゃあ確かに不可思議だね。私がさっきちらっと出たときにも、ベンチの上には何もなかったね。財布があればすぐ眼に付くはずだ。それは間違いない」

ということは、あおいちゃんが交番のところに走ってきて、西山さんが一度出てきて引っ込むまでは財布は確実になかったことが証明される。

問題はその後か。

「中を確認しますね」

「わかった。撮影しておくよ」

西山さんが机の上に置いてある備品のデジタルカメラですぐに撮影する。僕は拾得物取扱いの書類を出して日時と物件を記入、自分の名前を署名する。詳しい内容物は西山さんが書き留めてくれる。

財布を開く。

「いきます」

「うん」

「現金、お札が五千円札一枚、千円札一枚。硬貨数えます。五百円玉が一枚、百円玉が二枚、十円玉は三枚、五円玉はなし、一円玉が七枚」

ひとつひとつ撮影しながらチェックしていく。クレジットカードに、お店のポイントカード、レシート、そして。

「免許証ありました。名前は市川美春（いちかわみはる）。女性です。坂見町の住民ですね。三丁目の飯島（いいじま）団地です」

「団地の人か」

西山さんが書き留めて免許証を覗（のぞ）き込んだ。行成も同じように見る。本当はマズイんだけど、お坊さんを信用できなかったら世も末だ。

「二十八歳か。三丁目なら俺とは違う学区だからわからんな」

行成が言う。

「檀家さんでもないんだね？」

「少なくとも俺は知らないな」

「しかし」

西山さんが免許証を見ながら言った。

「ますます謎が深まったね。どうしてこの市川さんの財布が突然そこに現れたのか？」

その通りだと思う。

これが楢島あおいちゃんか、たぶん同級生の杏菜ちゃんのものだったのなら、僕たちがまったく気付かないうちに何かの拍子でカバンやどこかから財布が転がり落ちたんだね、ってことで済ませられるけど。

三人で顔を見合わせて、首を捻ってしまった。

「こういうケースはどうしましょうか」

西山さんに言うと、少し唇を曲げた。

「どんな不可解な状況であろうとも、この財布はここにあって中には免許証が入っていた。従ってこの財布の持ち主はその免許証の人物、もしくは関係する人物であろうことは十中八九間違いない。台帳に記載があれば電話番号を確認して、電話して交番に来てもらう、だね。もしどうしても来られない事情があってすぐにも受け取りたいようであれば、市内であれば届ける、かな」

「了解しました」

☆

市川美春さんは電話に出なかった。

自宅の固定電話。携帯電話の番号はわからなかった。これがただの拾得物だったら連絡が入るまで待つんだけど、どうにも気になったので、西山さんとも相談してパトロールがてら団地まで届けにいってみることにした。

交番勤務での仕事は本当にたくさんある。煩雑さで言えば、たとえば殺人事件なんかを扱う捜査一課と比べたら、一課の方がずっと楽なような気がする。あっちは、とにかく犯人を追えばいいいんだ。それだけに集中して毎日を過ごしていける。どっちがいいとかっていう話じゃないけれども。

自転車で飯島団地に向かう。ゆっくり走っても十五分あれば着くはず。パトロールカーももちろんあるけれども、火急の用事でなければ極力自転車を使うというのが〈東楽観寺前交番〉のルールだ。きっとどこの交番でもほぼ同じような感覚を持ってると思う。

自転車で回ることによって、地域の様子が理解できる。どこに何があって、どんな雰囲気で、どんな人たちが歩いているかも手に取るようにわかる。ささいな変化や、気になる部分もすぐに眼に付く。

地域課の警官に求められるのはそういうものだって、ベテランの西山さんが言う。住民の生活を知り、地域の事情を知り、そしてその町の安全を保つ。警察官が自転車で頻繁に移動することで、安心感が生まれる。同時に、よくない考えを持つ人間への抑止力にもなる。

「いい天気だ」

まだ朝の九時半。出勤通学時間はとうに過ぎたから人の行き来はそんなにないけれど、まだ朝の爽やかな空気が残っている。

十何年ぶりに帰ってきた奈々川市坂見町は、幼い頃の記憶とそんなには変わっていなかった。

小さな幾千川を挟んで坂見町と本材町に分かれている。元々は門前町、お寺を中心とした坂見町の方が栄えていたらしいけれど、私鉄の駅が本材町にできたことによって今は向こうが中心部になっている。

だから、この坂見町は古い町並みが多く残っているんだ。住んでいた頃にはそんなことは考えたこともなかったし、町の詳しい歴史なんかもよく知らなかった。

　飯島団地は、もう四十年も前に作られた団地だ。大きなものではなくて、全部で五棟。詳しい経緯はわからないけれども、管理がしっかりした趣（おもむき）のある古い団地、とはとても言えない。近所ではバスケマンガの『スラムダンク』に引っ掛けて〈スラム団地〉っていう笑えない冗談で呼ばれることもあるらしい。

　西山さんの話では、地域課にとっても悩みの種に成り得る物件。人が住まなくなってくると建物は荒れる。荒れるとそこに自然と荒れた連中も集まる。

　実際、団地の空（あ）き部屋で若者が悪さをしているっていう通報も、年に何件かはあるらしいんだ。

「B棟の三〇二号室」

　五階建てでエレベーターはない。A棟とB棟にはほとんどの部屋に人が住んでいて、確かに古くて決していい雰囲気ではないけれどもまだ生活感が漂（ただよ）っている。向かい側のC棟は何故（なぜ）か空き部屋が多くて、ここから見てもあそこにはあまり住みたくないなぁという荒れた雰囲気がある。

　ひとつの入口の階段を昇っていくと両側に部屋があるという形式の建物。入口の階段脇の壁にステンレス製の郵便受けがある。三〇二のところを見ると、マジックで書かれた名前はほとんど消えかけているけれど、かろうじて〈市川〉の文字は読み取れる。

郵便物のようなものがいくつか見える。たぶん、チラシの類いが多いとは思うけど、少し量が多いような気もする。何日か分を溜めているんだろうか。だとしたらある程度の期間、留守にしているという可能性もあるか。

「いや、変だよな」

留守ならなおさら突然財布があそこに出てきたのが余計に不可解だ。

三階まで昇ってドアの脇の表札を見る。そこには紙に〈市川〉と書かれていたけど、やっぱりかなり古びている。

チャイムを押す。中で鳴ったのがわかる。警察官の習性として、耳を澄ませる。中で物音がしないかどうかを。

別にすべてにおいて何かを疑って行動しているわけじゃないんだ。すべてにおいて、何かが起こっていないかどうかを確認するんだ。

音はしなかった。

でも、気配を感じた。超能力ってわけじゃなくて、気配としか言い様のないもの。何か生き物が息を潜めているような、あるいはじっとしてこっちを窺っているような気配。

ひょっとしたら猫か犬を飼っているのかもしれないけれど、そうではない可能性もある。もう一度チャイムを押そうかと思ったところで、誰かが階段を上がってくる音がした。それを待ってみる。一階を過ぎて、二階の踊り場も回って、三階に上がってきた。頭が見えた。

女性だ。あまり気を遣っていない感じのラフな髪形、ベージュのカーディガン、白いブラウス、スリムなジーンズ。革のハンドバッグを手にぶら下げている。

こっちを見て、あら？　って顔をする。

「お巡りさん？」

「はい。おはようございます」

「何か用ですか？」

階段の途中で立ち止まった。すると、この人か。

「市川美春さんでしょうか？」

「そうよ？」

バッグの中に手を入れる。鍵を捜しているんだろう。手が出てきてそこにキーホルダーがあった。

「実は、交番にこちらが届いたのですが、市川さんのものではありませんか？」

カバンに入れて持ってきていた財布を出した。少しだけ、嘘をついた。この場で状況を説明してもしょうがない。

「え⁉」

心底びっくりしていた。嘘じゃないと思う。慌ててハンドバッグをまさぐって、僕の顔を見た。

「ないわ！　財布！」

「間違いなく、市川さんのものですか？」

「そうよ。私の！　え？　どこに？　交番に？」

「そうなのです。すみません、とりあえず、ドアを開けていただいて、玄関先でけっこうですのでお話を伺えますか？」

表情が変わったと思った。

「受け取りとか必要なの？」

「そうですね。書類にサインと印鑑をいただければ結構ですので。あと、できましたら念のために、一応、免許証以外で本人確認できる何かがあれば助かりますが」

「ちょっと待ってて」

言いながら僕のすぐ脇を擦り抜けて、ドアの鍵を開ける。まるで何かを隠すようにして部屋に滑り込んでいく。ドアが閉められる。しかも、鍵も掛けられた。

待ってて、と言われた以上は待つしかないんだ。

じっと耳を澄ませる。中で歩き回る気配はある。すぐに足音がして、鍵を外す音がして、ドアが開いて彼女は出てきた。そう、出てきたんだ。

「はい、これ健康保険証」

僕に見せる。確かに本人の保険証だ。間違いない。

「書類は？　サインするんでしょう？」

「はい、ではここに」

こういう状況も想定してボードに挟んであった書類を見せる。市川さんはサインをして、判子を捺す。

「これでいい？」

「はい、結構ですが、できればどういう状況で財布を紛失したか聞かせていただけますか？」

「わからないわよそんなの。びっくりしたわよ。バッグの中に入っていたのに。いいでしょ？　財布」

手を出すので、財布を渡した。

「それじゃ、ご苦労様」

ドアが閉められる。溜息が出てしまう。

朝からどこに行っていたのか、財布の紛失には気づかなかったのか、気づかなかったとしたら、どうして交番に突然財布があったのか。訊きたいことは山ほどあったんだけど、何も訊けない。事件ではないのだから、拒否されたらこれ以上は無理だ。

何よりも、部屋の中に感じた気配は何だったのか、どうしてそれを隠すように玄関にさえ入れてくれなかったのか。

二　大村行成（おおむらゆきなり）　副住職

坊主丸儲け（まるもう）、なんて言われるが確かに丸儲けだなと思われてもしょうがない節（ふし）もある。なんたって、お寺の主たる収入源であるお布施（ふせ）や寄付には税金がかからない。かからないんだこれが。もうそれだけで「丸儲けじゃん！」と言われる。

ところがどっこい、だ。

確かにそこには税金はかからないが、勤めている僧侶に支払われる給料には当然のごとく税金がかかる。給料かよ！　っていつもびっくりされるが、そう、給料なんだよ。俺にはしっかり給料として毎月支払われて、そしてそれは当然のごとく個人の収入になるんだからちゃんと申告しなきゃならない。所得税だって住民税だってちゃんとしっかり払う。払っている。ついでに言えば携帯電話の料金だって払っている。それはあたりまえか。

つまり、〈東楽観寺〉の跡取りで副住職である俺も、実はごく普通の一市民であると強く言いたい。毎日一生懸命汗をかいて日々の糧（かて）を稼（かせ）ぐために働く皆さんと同じく、浮世の辛(つら)さや凡人の悲哀を毎日のようにつくづく感じている次第であると。

「まぁそれは確かにそうだよね。お坊さんといえども普通の人間なんだから」

巡が言う。

「だろう？」

「でもさ、普通の人のようにそういうものを感じて辛いなとかぐだぐだになっているようじゃあ、ダメなんだろう？　お坊さんは煩悩(ぼんのう)を捨て去らなきゃ」

「そりゃそうだ。何のための毎日の修行だって話になる」

「だよね」

「煩悩を乗り越え仏(ほとけ)の道に至り、そして皆様にそれを伝えていき、衆生(しゅじょう)の一生が幸せに満ちるようにしていかなきゃならない」

そうは言っても、だ。

「日本中にいる坊さんが全員悟ってしまっちゃあ、有(あ)り難(がた)みも何もなくなるって気がしないか？　お前『アベンジャーズ』観た？」

「観たよ」

「『アベンジャーズ』じゃなくてもな、〈戦隊シリーズ〉全員集合の映画とかさ、俺、あれはどうなんだって思うんだがな。ヒーローは一人とか二人とか、数少ない精鋭であるからヒーローたりえるのであってさ、たくさんいたら何か救われる有り難みも薄れるっていうか、そう思わないか？」

巡が笑った。

「まぁ確かにそうだね。スーパーマンが百人いたらそれが普通になっちゃって、どうするんだってことだね」

「だろう？　日本中の坊さんがみんな悟ってしまったらどうなると思う」

「だからって、お前がこうやって交番に入り浸ってお勤めをサボっていいってことにはならないと思うよ？」

「失礼だな。西山さんが巡回に行っている間のサポートをしてやっているんだ。これもまた御仏の道だ」

実際は単に巡におふくろが作ったお弁当を持ってきてやって、そして俺も一緒に食べながらうだうだしてるだけなんだが。

おふくろは、巡のことが好きだ。

もう一人の息子のように思っている。

新任のお巡りさんが寺に着任の挨拶に来て、それが俺の同級生で、しかも〈宇田巡〉だってわかったときには、思わず両手を合わせてしまったそうだよ。僧侶の妻になってうん十年なのに、初めて心の底からありがたいと思ったとか言ってる。

ずっとずっと、巡が引っ越してしまった後もおふくろは巡のことを忘れなかった。連絡を取りたいと思っていたけど叶わなかった。それが、警察官という立派な社会人になって突然やってきたんだからそりゃあ驚いたそうだ。

それぐらい、おふくろは巡に感謝してる。

ずっと、していた。

小さい頃の俺の命を救ってくれた〈小さな勇者〉に。

だから、毎朝の朝食はうちで一緒に食べてもらっているし、お昼のお弁当も作る。さすがに晩ご飯や夜食は、若いんだから自分の好きなようにした方がいいだろうってことにしてるけどな。

俺はと言うと。

実際のところ巡に救ってもらったときの記憶があんまりない。

何せ七歳とか八歳とか九歳の頃の話だ。ぼんやりとした記憶はないこともないんだが、それを思い出して感情が揺さぶられるとかどうこうっていうのは、ほとんどない。

ただ、巡と一緒に遊んだり学校に通ったりしたという思い出はしっかりとあって、そしてそれはとても楽しいものだったという記憶があるだけだ。再会できたときには嬉しかったけど、あの頃とほとんど変わってない風貌にはびっくりした。どんだけ童顔なんだって話だ。

「それで、どうだったたって訊いていいのか」

西山さんが帰ってこないうちに訊いてみる。

もうここに十年いる西山巡査部長さんは、堅物じゃあないけれども、さすがにベテランだけあって一般人には巡みたいにいろいろ教えてはくれない。もちろん、巡も教えられることと教えられないことの区別はつけているだろうけどな。

「財布のこと？」

「そう。突然現れた謎の財布。午前中に持ち主の市川美春さんとやらのところに行ったんだろう？」

「行ったね」

「何かあったのか」

巡が、いや、と言った。

「何もなかったよ」

「なかったのか。どうして財布があそこにあったのか訊いたのか」

「訊けなかったから、何もなかったんだ」

大体この男はすべてにおいて熱量ってものが少ない。少ないけれども、わりと感情が素直に表情に出てくる。そこのところは小さい頃から変わっていないんだ。

「何を感じたんだ」

訊いたら、少し唇を歪めてから、俺を見た。

「けんもほろろ、って言うんだっけ？」

「取りつく島もない、ってやつだな」

「そう、それなんだ」

巡は、ようやく食べ終えると曲げわっぱに入った弁当の蓋を閉めた。こいつの飯を食べる遅さは驚異的だと思う。お前はどこのお姫さまだ、ってぐらいに少しずつしか食べないんだ。男ならガバッ！　と食べろと言いたいがまぁそれは人それぞれだから文句は言うまい。

「部屋の中にも入れてくれないし、どこで落としたかも教えてくれない。とにかくさっさと帰ってくれって感じだったんだ。いや、実際そうしたんだけど」

「お巡りなんかとかかわるのはイヤだってか。犯罪の臭いはしなかったのか」

少し顔を顰めてから、巡は首を傾げた。

「そういう人はいるんだよ。別に悪いことをしてなくたって警察官の姿さえ見たくないって人は。犯罪者ではなくてもね。だから別に市川美春さんが悪いことをやってるかもしれないとは言えない」

「まぁいるな。坊主の姿も見たくないなどという不信心な方もいらっしゃるぞ」

「市川美春さんも、そんな感じだったんだ。何か犯罪の臭いがしたかって訊かれれば、僕の警察官としての拙い経験から判断するに、それはないかなって感じかな」

「そんなところで謙遜するな。お前がそう感じたんなら、間違いなくそうなんだろう？」

謙遜だ。拙い経験なんて、まったくの謙遜なんだ。

実は〈東楽観寺〉はただの寺じゃない。いやただのお寺ではあるんだが、こと〈東楽観寺前交番〉に関していうと、ただの寺ではない。

赴任してくる警察官のそれまでの履歴がしっかりと寺の住職には知らされるんだ。何故かは、今では誰もわからないという話だ。とにかくそこに交番が作られたときからそうなっていうっていう話だから、下手したら明治の頃からずっと守られている習慣ってことになる。

その辺の経緯はきっと祖父さんやひい祖父さんやひょっとしたらひいひい祖父さん辺りの〈覚書〉を読み解いていけばわかるかもしれないけど、面倒臭いからやっていない。悪いが古文書のような達筆な字を解読しているヒマはない。

で、だ。

俺の幼馴染みである宇田巡巡査はただのヒラ巡査じゃない。

警察学校を出てすぐに、あっという間に、警察の中でも花形みたいな部署である、捜査一課に配属されたそうだ。キャリアの研修とかそんなお試し期間みたいなもんじゃない。その〈能力〉を買われての配属だったとか。詳細に関しては教えてもらえないが、刑事として相当に優秀で有能であったらしい。

でも何故かここに、そういっては悪いが、ただの交番勤務の警察官として送られてきた。

「その理由は教えてもらえないんだろう？」

今まで何度もしてきた質問をまたしたら、ニコリと笑う。

「教えない」

「誰にも言わないんだろう？」

「言わないよ」

まぁそうだろう。でも、どう考えても左遷(させん)だ。警察内部でもその言葉を使うかどうかは知らないけど、間違いない。だとすると、相当に大きなヘマをやった上での左遷ってことになるが、こいつの有能さはこの二ヶ月でよくわかった。

だから、ヘマをしたわけじゃない。

きっと他の理由なんだ。その理由は何となく察することもできるが、まぁそれはいい。本人がこうして納得して仕事してるんだから。

「市川美春さんに犯罪の臭いはしなかったが、別の臭いがしたのか」

「どうしてそう思うんだ？」

「簡単だ。お前が俺に説明しなかったからだ」

「説明？」

「飯を食ってる間、そういえばあの財布の持ち主はこれこれこんな人で、こういう理由であそこにあったんだよって話さなかった。ってことは、お前の中で〈謎の財布事件〉は依然継続中ってことだ」

うん、って頷いた。そこは素直だよな。

「実はね」

「おう」

「市川美春さんの家には、子供がいたと思う。それも、小さい子だ」

「小さい子」

子持ちの主婦ってことか。

「何だっけ、巡回カードだったか？　あれには家族のことも載っているわけじゃないのか」

「載ってるよ」

「じゃあ事前にわかってるだろ」

「わからないんだ。そもそも全部の住民を調べて巡回カードを作っているわけじゃないからね」

「そうなのか？」

「市川さんの家の巡回カードはここにはないんだ。だから家族構成もわからない」

「そういうものなのか」

「そういうものだよ。全員を調べる国勢調査じゃないんだからね。あくまでも任意で、管轄地域内のお宅を訪問して聞き取り調査をするってことなんだから」

なるほどそうだったのか。

頷いて、お茶を一口飲んだ。

「以前も不思議に思ったことがあるんだが、それは何のために行うんだ」

「建前は、防犯や緊急時の備え。もし火事とかあったらそこには何人の家族が住んでいたとか、役所を通して住民票や戸籍を調べなくてもすぐにわかる。警察とはいえそういうのを調べるためには手続きが必要になる。もし警察が、地域の交番がそれを独自に把握していれば、タイムロスがない。つまり行方不明者がいる、などの判断にすぐに役立つ」

「確かにそうだな。で、建前ってことは本音は何だ?」

「管轄内の不審者のあぶり出し」

「マジで本音じゃないか」

「でもそれは、誰でもわかっていると思うよ。それに、不審者のあぶり出しと言っても住民の方々を疑ってるわけじゃない。あくまでも、皆さんの安全を守るための予防措置(そち)なんだ」

涼しい表情で言う。

「まぁその辺は住民の皆さんも文句は言わないだろうさ。で、市川美春さんが子持ちの主婦ってことをお前が感じたってのはわかったが、それがどうした」

巡の顔が、一瞬曇る。

「僕が財布を持っていったのは、午前中だ。正確には午前九時半ごろだった」

「うん」

「今日は平日。幼稚園や保育園、もしくは小学生なら家にいないはずの時間帯だよね。それなのに、僕は市川さんの部屋に子供がいると感じた。息を潜めて、じっとしているように思えた。しかも、その時間に母親である市川美春さんは、外から帰ってきた。いかにも夜遊びをしてきました、なんて感じの風情で」

それは。

「つまり、なんだ」

あれか。

「市川美春さんに、虐待、もしくは育児放棄の疑いがあるってことか」

巡が、ゆっくりと事務用椅子の背に凭れ掛かると、椅子がギィーッと音を立てる。安物のしかも古い椅子だ。交番では備品は壊れるまでとことん使うっていうのが基本らしい。

「総合的に判断すると、そういうことになるかな」

「どうするんだ」

唇を歪めて、俺を見た。

「どうしようかって考えていたんだけどね。もし、そうなら子供の命にかかわることかもしれない」

「そうだな」

「でも、僕がまた行っても拒否されるだけかもしれないんだよ。警官はね」

ニコッと笑って、俺を見た。

「何が言いたい」

三　楢島あおい　女子高生

「あおい」

杏菜がまっすぐ前を見て急いで歩きながら小声で私を呼んだ。

「うん」

「オッケーだったかなぁ？　ヘンじゃなかったかなぁ？」

「全然オッケー。カンペキ。パーフェクト」

「バレてないよねぇ？」

そこは。

「たぶん、大丈夫」

「たぶんってぇ」

「いやいやきっとゼッタイ大丈夫」

ゼッタイにバレてない。

私があのお財布をベンチの上に置いたことは、うたのお巡りさんも副住職さんも気づいていない。

「っていうか、気づかれるようなヘマはしないよ」

「そこは信用してるけどさぁ」

杏菜がふぅ、って息を吐いて少し歩くのを遅くしたから、私もそうした。遅くっていうか、普通に歩き出した。やっぱりちょっと早足になっちゃったけど、後ろから見ていたとしても学校に急いで行くんだろうって思われると思う。それぐらい自然だったはず。

もちろん、そんなふうに思ってくれるだろうってとこまでちゃんと話を組み立てて、しっかりとしたネームまで描いて杏菜にも見せて、登校前の時間に行ったんだから。

「お巡りさんの前で演技するなんて、十七年の人生で初めてだったよぉー」

うん、そうだね。たぶんあんまりする人はいないよね。するのはきっと悪い人ぐらいで杏菜みたいな普通の人たちは一生することはないと思う。あ、しちゃったけれどさ。

「でもすっごい自然だったよ。むしろいつもよりなんかキリッ！　としてた」

「キリッ！　と。さすが陸上部次期部長！　みたいな」

「キリッ！　と？」

「それは緊張してたからだよねぇー」

杏菜は運動神経抜群でめっちゃクールビューティな顔をしてるのに、その喋り方はまるっきり売れそうもなくてしかもちょっとなんか軽くイラつかね？　って感じの地元アイドルみたいで、キャラ設定の理解がすっごくしにくいタイプ。小さい頃から知ってないとうまく付き合えないと思うんだ。

ま、キャラに関しては相当にめんどくさい自分のことは棚に上げてるんだけどね。

ふぅ、って杏菜がまた小さく息を吐いて立ち止まって、後ろを振り返った。

〈東楽観寺商店街〉はどこまでもまっすぐの商店街で、向こうに見えるのは〈東楽観寺〉の門と、〈東楽観寺前交番〉。もうそこにあのお巡りさんの姿も副住職さんの姿もない。きっと交番の中に入って見つけた財布を調べているんだと思う。

あの交番の歴史も今度調べるつもり。いったいどうしてあそこに建てられて誰が設計したのか。だって、木造のちっちゃなちょっと西洋館みたいで全然交番らしくなくて、ものすごく古くていい感じの建物なんだもん。あんな交番、きっと日本中探してもないと思う。たぶんだけど。少なくとも画像検索したぐらいじゃ全然出てこなかった。

あたりまえだけど、ちっちゃい頃から〈東楽観寺〉も〈東楽観寺前交番〉も知っていた。お寺にはお葬式で中に入ったこともあるし、小学生の頃には落とし物のマフラーを交番に届けたこともある。でも、その頃は全然なんとも思ってなかった。自分で描くマンガのネタにしようなんて思いもしなかった。

大人にならないとわからないことって、確かにあるって最近思うんだ。まだ全然大人じゃなくてただの女子高生だけど、それでも何年か前には感じ取れなかったことを、感じ取れるようになったっていうのは、ある。それが、少しずつ大人になるってことだと思うんだ。

「あれでよかったのかなぁ」

「いいんだよ。ベストな選択」

「あおいがちょっとだけ疑われるのも、ベストなんだよね？」

「そう。何度も何度も考えたじゃん」

他にも何か上手い方法があったのかもしれないけど、少なくとも私は思いつかなかったし、のんびりしている暇もなかった。

あのベンチに副住職さんがいつまでも座っていたのはちょっと想定外だったけれど、それも逆にいいカモフラージュになった。むしろ、杏菜が疑われるのをカンペキに防ぐことができた。

財布を置いていった可能性があるのは、私だけになっていたはず。でも、その私も置けるはずがないって二人とも思う。だって、私もベンチにはまったく近づいていなかったんだから、不可能だってお巡りさんと副住職さんの二人とも考える。

でも、でもでも、その場にいたのは私と杏菜だけ。しかも、財布にはまったく別人の免許証が入っていて、財布もその人のものだって確認が取れる。

これはいったいどういうことだ？　ってものすごく疑問に思う。いったいどんな不可思議なミステリーなんだって二人は思う。

その疑問はすぐに疑惑になって、その疑惑は、マンガ家志望でお巡りさんの写真を撮りたかった女子高生の私にじゃなくて、財布の持ち主に向かう、はず。

何故、あの人の財布がここにあるのか、その理由は何なのかって。

ゼッタイに、そうなる。

「親切そうだったね。あのお巡りさん」

「うん」

「なんか、やっぱりいい人っぽかったぁ。お巡りさんがいい人じゃなかったら困っちゃうけど」

杏菜がそう言って、にんまり笑った。

「〈うたのお巡りさん〉ってなにぃ？　あの人の名前？」

「そうなんだって。宇田巡さんっていうんだよ」

「うたさん！」

宇田巡巡査。名前を聞くことができてすっごくよかった。

〈うたのお巡りさん〉なんて、すごくキャッチーなあだ名。キャラとしては本当にサイコーなんじゃないかと！　何だったらキャラの顔もそのまんま宇田さんに寄せちゃっていいんじゃないかって思う。

だって、あんなにカワイイっていうか童顔っていうかアイドルのバックで踊っていてゼッタイにこの子は次に来る！　って雰囲気のお巡りさんなんか、なかなかいないと思う。

「放課後も行くんでしょう？　写真撮りに」

「行くつもりだよ」

「でも、行ったら訊かれるよたぶん財布のこと。何か知らないですか？　ってぇ」

「訊かれるねきっと」

「まぁ、あおいなら、平気なんだろうけど」

うん、って大きく頷いた。

「平気」

ちゃんと考えてある。訊かれる状況にもよるけれど基本はこんなセリフ。

『財布ですか？　え？　わかりませんけど？』

もしもまだそのときに現物の財布があって、それを「これなんだけど」って宇田さんが持ち出してきたら、こんなセリフ。

『見たことないです』

それで、宇田さんはそれ以上追及できなくなる。だって私は何にも知らない女子高生なんだから、下手に追及して泣かしたりなんかしたら困るんだから。

追及もされないだろうし、そんなことで泣かないけどね。

私は杏菜と違ってお巡りさんの前で演技だってできるしやったこともある。お巡りさんどころか何十人もの人の前で何にも知りませんって顔をして煙に巻いたこともある。小学生の頃からね。

そういうことができなきゃ、〈平場師〉なんかやってられないんだからね。

もちろん悪いことには使わないし、これからもお祖母ちゃんの遺言に従って、職業にするつもりはこれっぽっちもない。

私はマンガ家を目指すんだから。

もしも高校を卒業する前にマンガ家としてデビューできなかったら、大学行ってそこでもマンガ描きながら勉強して、大学でもデビューできなかったらどこかに就職して何とかしてマンガ描いて、それでもマンガ家を職業にできなかったら。

そんなことまで考えてないけれど、とにかく、マンガはずっと描いていく。自分が描いたものをたくさんの人に見てもらう方法なんて、デビューできなくたってたくさんある。好きなんだからそれがあたりまえ。

でも、お祖母ちゃんの技術も、この世から消したくはない。

だから、練習するんだ。これからもずっと。

でもでも、見つかったら確実に捕まるしお父さんもお母さんも泣く。泣かせたくないしそもそも悪いことなんかしたくない。

だから、〈正しいこと〉をやっていく。

学校の授業は退屈だと思う。

ちゃんと予習をしちゃうと既にわかっていることを先生があーだこーだ言うわけで、しかも先生によっては「それわざとわかりにくく言ってない？」って感じの教え方の先生もいるわけで。

教え方が上手な先生もいるけれど、その上手な先生もある程度は理解できない生徒に合わせなきゃならないわけで、そうすると理解が早い生徒は退屈に思う。

教師っていうのもやっぱり〈職業〉だなぁって思う。そしてその職業を選んだとしても、上手な人と下手な人がいるわけで、下手な教師に当たってしまうとその教科ごと苦手になったり嫌いになったり。理不尽だなぁって思うけれど、しょうがないんだと思う。

世の中、そんなに何もかも上手いことといくはずがない。そもそも上手くいかないから何とかしようって頑張る人がいるから何とかなっている。

そういうの、本当に最近実感する。

全部、お祖母ちゃんに教えてもらったこと。

死んじゃったお祖母ちゃんは、本当に正しい人だったんだなって思う。昔、やっていたことは確かに悪いことだったかもしれないけど、その後は人のためになることをやっていたんだから、オッケーじゃないかって思うんだ。

学校は嫌いじゃない。

退屈な授業はあるし、イヤなクラスメイトもいるけど、それもこれも全部マンガのネタだって思ったら全然オッケー。

どこかの小説家さんが、「生きること全部が小説になる」って言ってたと思うんだけど、ホントにその通りだ。私がするイヤな思いも、楽しい思いも、何もかもがこれから描くであろう私のマンガのネタになる。

そう考えると、マンガ家志望とか作家志望とか、そういうものになろうって夢を持ってる人たちはそれだけで人生楽しいかもね。

「あおいー」

正門へ向かう渡り廊下を歩いていたら、もうジャージに着がえている杏菜が中庭で手を振ってキレイなフォームでダッシュしてきた。

さすが陸上部。

「帰る？」

「帰るよ」

「寄ってくのぉ？」

「寄ってくよ」

交番にってことだと思って訊いたら、頷いた。

「後でＬＩＮＥでも電話でもうちに来てもいいから、ちゃんと教えてね」

杏菜が小声になって真剣な顔で言うから、私も真剣な顔をして頷いた。

「だーいじょうぶ。ちゃんと報告するから。心配しなくていいから」

杏菜は心配し過ぎ。

「あとね」

「うん」

「副住職さんがもしもまたいたらね」

それも大丈夫。拳をグッ！　って握って唇をまっすぐにしておいた。

「オッケ！　いろいろ確かめておくから」

恥ずかしそうにちょっとだけ笑って、杏菜が手を軽く振ってまたキレイなフォームで走ってく。

軽（かろ）やか軽やか。

杏菜の走るフォームもしっかり私は写真に撮ってるし、眼にも焼き付いている。あの子の走る姿はすっごく美しいと思うんだ。

「陸上部のヒロインっていうのも、いいキャラだよねぇ」

でも、運動をしている人の絵って本当にムズカシイ。私はまだまだ修業しなきゃ。

☆

迷惑はかけない、って決めてる。だから、交番の中の様子をちょっと見て忙しそうだったら、声を掛けないでまっすぐ帰るつもりでいたんだ。

でも、うたのお巡りさん、宇田さんは交番の中で一人で何か書類みたいなのを書いていた。もう一人のおじさんのお巡りさんはいなかった。忙しいのかどうかはわからなかったから、一応。

「すみません」

交番のドアは雨の日や風の強い日以外はいつも開いてる。声を掛けたら、宇田さんが顔を上げてすぐに微笑(ほほえ)んでくれた。

「あぁ、お帰りなさい」

わ、お帰りなさいって言われるの、いいかも。

「ただいまです。あの、今、忙しい、おいしがしいですか？」

違う、お忙しいですか、だ。

「大丈夫ですよ。写真ですか？」

「はい、そうなんですけど、あの、そのままでいいですから、机に座っているところなどを撮らせてもらえると」

宇田さんは、またにっこり笑ってくれた。

「いいですよ。ただし、机の上の書類は写さないようにしてくださいね」

「わかりました！」

宇田さん、きっとゼッタイまちがいなくいい人だと思うんだ。

「実はね、楢島さん」

カメラを構えたら、宇田さんが私を見て呼んだ。

「あの、あおい、でいいです」

「どうして？」

うん、そういうふうに訊いた方がいいキャラになるかも。

「稲島さんって名字で呼ばれると、なんか、学校で先生に呼ばれてるみたいなので」

「じゃあ、あおいさん」

さんもいいんだけど、私は〈さん〉で呼ばれちゃうとどうしても外見に即した態度で接しなきゃならないって自然に身体が反応してしまうので。

「ちゃんでいいです」

私は、見た目が人に与える自分の印象があんまり好きじゃないんだ。

長い黒髪で大人しそうで清楚(せいそ)っぽくてどこかのお嬢様みたいな感じの。いや自分で言うのか！　って自分でも思うけどそうなんだからしょうがない。

そして、そういうイメージが自分の中ではものすっごく違和感あるから。じゃあそのうっとうしいぐらいに長い髪の毛切れよって話だけど、これは、別。

この髪の毛は今の私の大事な武器だから。

長いサラサラのきれいな髪の毛は人目を引く。私を見る人はどうしても最初に髪の毛を見て、手の動きには気を留めなくなるんだ。

「じゃあ、あおいちゃん」

「はい」

うん、いい。うたのお巡りさんは、声と見た目がすごくしっくり来る。

「訊きたいことがあるんだけど、いいかな」

「どうぞ」

これはさっそく来たかな。私はカメラを構えて写真を撮りながら言った。

「今朝のことなんだけど、鈴元杏菜さんと二人、ここで写真を撮ってそのまま学校へ行ったよね」

「そうですね」

その通りです。

「君たちが帰って、ふと見ると、財布がベンチの上にあったんだ」

「財布ですか？」

そう、って宇田さんは私をしっかり見つめながら言った。

これは、私の様子を観察している。私はファインダー越しの宇田さんのその視線を感じていた。

宇田さん、マジになったときの視線はけっこう強力だ。さすが警察官だ。もしファインダー越しじゃなかったらけっこうヤラレタかも。

「それは副住職も確認していたんだけど、それまではなかったんだ。でも、突然そこに現れたように財布があった」

ここで私はカメラを下げた。宇田さんと眼があった。

「どんな財布ですか？」

「いや、もう持ち主に返却はしたんだ。午前中にね」

「そうなんですか」

宇田さんは、少し微笑んで頷いた。

「その財布、君たちが持ってきたものではないよね？」

ちょっとだけ、首を傾げてみせた。

「知りませんけど、どんな財布、あ、もう返したんですよね。ここにはないんですよね」

そうなんだ、って宇田さんが頷いた。

宇田さんは、ずーっと私を見ている。

観察してる。

きっとそれは警察官としての眼だと思う。

それを、私はよく知っているんだ。よく教えてもらったんだ。本当に、本物の警察官にはマンガの世界じゃなくて〈現実の眼力〉があるって。

その人の嘘やごまかしや狼狽や怯えやそういうものを感じて見抜く能力、そういう〈眼力〉があるんだって。そういうのを持つ人は、警察官じゃなくてもいるんだって。

それを感じ取れるようにならなきゃダメだって、教えられた。

そして、私は感じ取れる。

感じ取れるってことは、それを受け流せるってことだから。

「うん、いや、知らないならいいんだ。あまりにも不可思議な状況だったのでね。もしまた会えたら訊いてみようと思っただけなんだ」

「不可思議だったんですか」

「そうなんだ」

ここでようやく宇田さんは持っていたボールペンを置いた。背筋を少し伸ばした。

「本当にね、副住職の座っていた隣に突然現れたように、そこにあったんだよ」

「財布が」

「財布が」

「その財布の持ち主は、この辺の人だったんですか？　あ、いや、単なる好奇心なんですけど」

私はマンガ家志望。そんな不可思議な状況なんてネタとして大好物です、って顔をする。宇田さんは、小さく、うん、って頷いた。

「誰かは言えないけどね。この町の人の持ち物だったよ。ちゃんと返却できた。ただね」

「ただ」

何かあったんでしょうか。

「思わぬ事態になってしまってね。それはまぁ、あおいちゃんには関係のないことだし他人のプライバシーにかかわることだから教えられないけど」

「そうなんですか」

「でもまぁ」

宇田さんは、私に向かって優しい微笑みを見せてくれる。

「いい方向に解決するように、警察官として努力したよ。副住職も協力してくれたしね」

解決するように、努力してくれた。

じゃあ、やっぱりわかってくれたんだ。

ちゃんと、やってくれたんだ。

信じてた。この人ならゼッタイわかってくれるって。初めて見たときから。

嬉しかったけど、そしてやったー！　ってぴょんぴょん跳ねたかったけど、ここで悟られちゃいけない。

私と杏菜が協力して、あの財布を置いたこと。

あのお母さんのかわいそうな子供を何とかしてほしかったこと。

「そうなんですか。あの、訊いていいですか？」

「どうぞ？」

「副住職さんとは、どういうご関係なんですか？　ときどき一緒にいるのを見かけるんですけど、仲がよさそうですよね」

あぁ、って頭を少し巡らせた。

「あいつは、行成は同級生なんだ。小学校のときの」

「京清小学校ですか？」

「そうそう」

　やっぱり、二人とも先輩だったのか。杏菜のための情報ゲット。

「お巡りさんとお坊さんが同級生で仲がいいっていうのも、すっごくいいと思うんですけど、あの、もしもですけど、私がその二人を主人公にしてマンガ描いちゃったら、ご迷惑ですか？」

　宇田さんが、苦笑した。

「別に本名を出すわけじゃないんだよね？　それに舞台も架空ってことでしょう？」

「そうですそうです。もちろんです」

「だったら、僕らが文句を言うのも変じゃないかな。日本中探せばそういう友人関係はどこかにあるだろうし。どんなマンガなの？」

「これから描くんです」

　これは本当だよ。

「でも、ほら、ネームとかってもうできてるんじゃないの？」

「ネームもこれからです。ただもうお巡りさんを描こうと思っただけなんです」

「アイデアとかは？　そのお巡りさんは実は超能力者だったとか」

「そんなのは描かないです。私は、ただ普通の交番のお巡りさんを描きたいと思ったんですよ」

「普通、って？」

宇田さんの眼力が、すーっと消えていった気がする。

「町の人たち」

「町の人たち？」

「ちゃんと毎日を頑張って暮らしている普通の町の人たちの、生活を守ろうと頑張る普通のお巡りさんです。拳銃なんか撃ちません。道を訊きに来た人に丁寧に教えてあげて、子供たちやお年寄りに優しくて、ちょっと悪い子たちにちゃんとお説教できる、普通のお巡りさんです」

そういうのを、描きたいって思ったんだ。

四　市川泰造（いちかわたいぞう）　ミュージシャン

リズムリズムリズムリズム。

レジのときにはリズムが大事。常に一定のリズムじゃなくて、まるでジャズのアドリブの応酬みたいな自分の中から溢れ出すリズム。

この世は全部リズムでできてるって。そういうもんなんだよねベイビィってよく歌うよねでもベイビィって日本語じゃ赤ちゃんだから！　赤ちゃん愛しちゃったらただのお父さんだから！

（いいねー）

メモらんきゃ今のフレーズ。ハイ、ちょっとだけ下向いてレジ袋整理してるフリしてスマホに入力。この速さとさりげなさは誰もかなわないぜ感じられないぜハイお客さん来たー。

「いらっしゃいませー」

あ、このおばさん、楢島さんね。顔も名前も覚えてるよ。

「いつもありがとうございますー」

楢島さんはおばさんのわりにはカワイイ顔してるんだよね。きっと若い頃はかなりモテたと思うよー。スタイルだって、まぁおばさんはおばさんなんだけどそんなに崩れていないとは思うしねー。

「今日はレジなのね」

「そうなんすよー。もう一人何役もしないと回ってかないんでー。あ、これ袋入れときますねー」

「あらいいわよ。それぐらい自分でやるから」

今夜はカレーっすかね。

「このカレールー美味しいですよね」

「あ、そう？　初めて買ったんだけど」

「最高っすよ。保証します」

はい、1758円ねー。

楢島さんのスゴイところはね。一瞬の躊躇もなく小銭までピッタリ払うんだよね。どんだけ買ってもしっかり暗算してしかも小銭も揃えてレジに来るんだよね。しっかりした奥さんお母さんなんだと思うよー。家計簿なんかもちゃんと付けてさ、今月は出費が嵩んだからこれを節約しなきゃとかやってるんだよね、きっと。

それに、前に目撃したんだよな。店の中でさ、商品崩しちゃった子供がいてさ、ちょうどそこにいた楢島さんがその子供にちゃんと言い聞かせながら商品を拾わせて一緒に並べてさ。優しく諭しながらやってたんだ。しかも子供を放ったらかしてた母親には何も文句を言わずに立ち去ったんだ。

カッコいいって思ったね。いや店員の俺がすぐに飛んでって一緒にやらなきゃダメなんだけど、そんときには俺総菜作ってたからね。飛んでいけなかったのよ。

ああいう人がさ、世の中のいいところを支えてるんだよ。そういう人が笑顔で暮らせる町を作っていかなきゃならないんだよファンク！　ファンクはいらないか。

あ、そういえば。

楢島さんの後ろに人はいない。

「旦那さん、うちの伯父さんと同級生なんですってね。こないだ初めて聞きました」

「あ、そうなのよ」

コロコロロッ、て感じで笑うよね楢島さん。そう、旦那さんは伯父さんの高校の同級生。何でも一緒に剣道やってたって話なんだよ。ってことは旦那さんは今年で四十六歳のはず。でも、奥さんはもう少し若いよなぁきっと。

「奥さんは同級生じゃないですよね。お若いですもんねー」

バン！　って二の腕んところを笑いながら叩かれた。

「そんな若いうちにお世辞覚えちゃダメー。ろくな男にならないわよ」

「そんなろくでもない男に騙されましたか」

「そうよ、騙され続けてようやく摑んだのがお堅い公務員の旦那よ」

「いいっすねぇ公務員」

そうだ、市役所に勤めてるって伯父さん言ってたよ。昔っから真面目な男だったって。

「タイゾーくんはミュージシャンなんでしょ？　聴いたわよアルバム」

「マジっすか！　ありがとうございます！　え？　買ってくれたんですか？」

「もちろんよ」

楢島さんが大きく頷いた。

「作品はね、買わなきゃダメなのよ。スーパーの商品と同じよ」

そこで次のお客さんが来たので、楢島さんはじゃあね、って軽く頷いて歩いていった。

俺は「いらっしゃいませー」って反射的に声を出して、またレジをピッピッと通して、愛想をぐるんぐるん振り回した。

でも、楢島さん、最後にめっちゃいいこと言ってたな。

そうなんだよ。作品は買わなきゃダメなんだよ。スーパーに並んでいる売り物と同じで、商品なんだよ。

「ありがとうございましたー」

俺はね、ミュージシャンで食ってくつもりなんだよ。いや今だって生活費の半分以上はミュージシャンとして稼いだ金なんだけど、それだけじゃあ食っていけないからこうやって伯父さんのスーパーでバイトしてるんだけどさ。

俺のＣＤは商品なんだよ。インディーズだからって皆にタダで配っているわけじゃないんだよ。お金掛かってるんだよ。

まぁ俺の場合は全部自分でやってるから制作費ってのはほとんど掛かってないんだけど

さ。それでも一応機材費とかスタジオ代とかけっこうお金は掛かっているんだよ。だから、俺のCDを「くれ」っていう連中は信用しない。「聴いてみて良かったら買うよ」って言う奴にはYouTubeにアップしてあるから観て聴いてって言う。それで「良かったから買った」って人にはマジでキスでもしたいぐらいになる。

楢島さんは、きっと好きなものがあるんだよな。好きなミュージシャンとか俳優とかマンガ家とかそういうの。そしてそういうのを自分のお金できっちり買っている人なんだ。だから、俺のCDも買ってくれたんだ。

（いい人だ！）

もう俺の中で楢島さんの株は上がりっぱなしだね。楢島さん、カワイイ娘さんとかいないかな。いや、あの人の娘だったらきっとマジカワイイと思うね。

レジの次はバックヤードで空箱と在庫品の整理。俺の動きは速いぜ。〈動けるデブ〉ってことで有名だからね。デブでも身体のキレは抜群なんだよこう見えても実はちっちゃい頃から器械体操やっててさ、もう止めちゃったけど、でもめちゃ動けるんだよバク転だってできるんだからね。

だから、こうやって身体動かして働くのは好きなんだ。っていうか一日一回は汗をかかないと何か気持ち悪い。や、汗をかくのは運動じゃなくてもライブとかこうやって仕事で荷物運びとかでもいいんだけどね。セックスでもいいんだけど生憎と今はいないんだよ、カノジョはさ。前はいたんだよ。本当だよ。こんなルックスでもそれなりにモテてんだよ、俺はミュージシャンだからさ。

容姿に自信がなくてしかもモテない奴ってのは結局自分にも自信がないからどんどん卑屈になっていって、それがバンバンに充満しちまって表に発散されてくからモテないんだよ。

俺は言いたい。

すべてのルックスに自信がない奴に言いたい。男でも女でも何にでも言いたい。自信を持てよ持つよ持たせろよって。

何でもいいんだ。俺の場合は音楽さ。ミュージックさ。音楽が俺を救ってくれたんだ。すべてのコンプレックスから。

家庭環境が悪いとかデブだからとかうんぬんかんぬんとかからさ。音楽やってる俺は無敵。売れなくたって無敵。メジャーにならなくたって無敵。

だってライブやれば何十人もの人が俺のために千円二千円払って観に聴きに来てくれるんだぜ。それで収入があるんだぜ。

めっちゃ幸せじゃん。

俺サイコーじゃん。

もっと頑張れるじゃん。

この人たちのためにもっともっともっと喜んでもらえる曲を作ろうって思うじゃん。そうなったらもう無敵じゃん。

ま、そんなに世の中上手くいかないってのは、もう二十二歳の大人だからわかってるけどさ。

「泰造」

「はい」

伯父さん。社長。市川家の星の君和伯父さん。

「もう終わりだよな?」

時計を確認したら、もうそろそろ五時。

「そうっすね」

ちょいと来てくれって感じで手招きしてそのまま歩いていく。事務所に行くんだろうと思ってついていったらその通り。社長室とは名ばかりのただのスーパーの裏側の事務所の一角。ベニヤ板でついたてを作っただけのところ。しかもそのついたても低いし。歪んでるし。いろんなチラシや連絡のメモが貼ってあるだけなんでむしろない方がいいんじゃないかってぐらいのついたて。

センスってのは、何にでも必要なもんだと俺は思うんだよ。それは別にオシャレっていうことじゃなくてさ。スーパーの社長だったらそれにふさわしいセンス？　あ、その場合は才覚ってのかな？

伯父さんは確かにスーパーを四つも経営しててそれなりの才覚はあると思うんだけどさ。その四つを十五とか二十にできないところが、このついたてに現れてるんじゃないかって甥っ子としては思うんだけど。もちろん口にはしませんけどね。

伯父さんはちらっと時計を見た。俺の上がりの時間まではあと十分ある。

「今日はもういいからさ。俺がタイムカード押しとっから、この荷物届けてくれないか？」

「あ、いいっスよ」

配達で直上がりね。ラッキーラッキー。机の上に置いてあったのはメロンの箱だけど、しっかり包装してあるし、緩衝材も入ってるっぽいから果物の詰め合わせかな？

「デカイっすね。けっこう高いでしょ」

「そうなんだ。落とすなよ。取り扱い注意な。車だろ？」

「車ですよ」

俺の愛車の軽自動車。軽ったって新車も新車でまだ半年も経ってないからきっと伯父さんのおんぼろ車より性能抜群。

「じゃ、大丈夫だよな。〈東楽観寺〉な。誰でもいいから渡してくれればわかるから」

「了解」

〈東楽観寺〉か。

「そういや伯父さん、今日はレジで楢島さんの奥さんとちょっと話しましたよ」

「お」

伯父さんがにんまり笑う。顔が丸っこいから笑うとますます布袋さんみたいになるんだよな。布袋さんってても神様の方な。ギターの布袋さんじゃないから。

「あおいちゃんは一緒じゃなかったのか」

「あおいちゃん？　って？」

何だ知らなかったのか、って顔をして伯父さんは頷いた。

「一人娘な。高校生でそりゃあもう恐ろしいほどの美人さんだぞ」

「マジすか！」

「マジもマジも大マジだ。あれはもう父さんと母さんのいいところばっかり取ってできあがった奇跡の子供だってな」

そうかぁ、と伯父さんがにまにまする。

「まだ会ったことなかったか。いい、そのまま一生会うな」

「なんで！」

そんな美人だったらぜひともお友達に。

「お前があおいちゃんの前に立ったらな、もうそれだけでお前は変態か、怪しい男扱いされるから絶対に近づかない方がいいぞ」

「それが可愛い甥っ子に言う言葉っスか伯父さん」

「いやそれがな」

伯父さんが真面目な顔をして手をひらひらと振る。

「あながち冗談でもないんだこれが」

「冗談じゃない？　とは？」

「本当にな、ちょっとでもあおいちゃんの前で変な素振り見せてみろ。それで通報された人間がもう十人ぐらいはいるって話なんだ」

「なにそれ。通報されたって別にその十人が全員変態だったわけじゃないんでしょ」

「わからんが、少なくともそんなふうに見えたってことだ。彼女を見かけた人は男女の例外なく目を留めてしまって、そしてその前に誰か立ち塞がろうものならあっという間に通報したくなるほどの女の子ってことだ。わかるな可愛い甥っ子の泰造よ。お前は決して悪い人間じゃないしむしろ善人だがそのルックスはどうだ」

そういうことですか。

「小太りのいかにもオタクっぽい男ですよ」

ええそうですよ。あなたにもよく似てますよね。

「まぁお母さんと一緒に買い物に来るのが、偶然お前のシフトに合うことを祈るんだな。目の保養になるし、そら、お前の、音楽の、ほら」

「インスピレーションね」

「そうそう、それになるかもよ」

まぁ今まで美人を見て何か感じて曲を書いたことなんかないけどね。まぁそんなことよりも荷物ね。

「重っ！　めっちゃ重いよ伯父さん！」

「だから気をつけろよって。どら、積むまでは手伝うよ。車そこまで持ってこいよ」

「おいっす」

☆

「〈東楽観寺〉ね」

ここからなら車で五分。いや、あそこの信号の流れは悪いから七分とか八分かかるか。この時間だから混んでるか。向こうの道に入っても踏み切りあるから、あそこで捕まったらもっと時間かかるもんな。

「急がば回れ」

昔の人はいいこと言うよな。いやホント自分で作詞するようになって言葉を探し出したらつくづくそう思ったよ。

昔からある言葉って、表現って美しいんだよな。ホントマジでリスペクト。かといってそんな言葉ばかりでリリックしたり作詞したりしても上手いことハマらない場合もあるからさ。そこのバランスはホントにムズカシイ。

「行成さん、元気かな」

〈東楽観寺〉の副住職。お坊さん。

バカな兄貴の同級生。

だからって兄貴と友達ってわけじゃない。まぁ同じ学年にいたんだから、顔を見ればひょっとしたら何となく見たことあるって思うかもしれないけどね。ただ同級生っていうだけで兄貴と行成さんは知り合いでも何でもない。なんで俺が知ってるかっていうのは、俺は行成さんの部活の後輩だから。ほんの半年間だけどね。

あれだよね、俺も経験あるけど、同級生っていうだけで一度も話したこともないし関わったこともないのに、町でバッタリ会ったらいきなりめっちゃ親しげに話し掛けてくる奴は何なのかね。

「いいか、お前は同級生かもしれないけど、俺は少なくとも友達とは思っていない」

ってハッキリクッキリ言いたくなるよ。思うんだけど、そういう奴がさオレオレ詐欺(さぎ)の手先とかになる確率高いんじゃない？　そんな気しない？　しないか。

まぁそれは兄貴のことでもあるんだけどな。

同級生だからって仲良しってわけじゃないのがあたりまえのように、兄弟だからって仲良しってわけでもない。

世の中には仲の悪い兄弟と仲のいい兄弟とどっちでもない普通の兄弟がいるんだよな、きっと。でも、仲の悪い兄弟でもひょっとしたら何かが起こって仲がよくなって、年を取ってからうまくやっていけることもあるのかなってさ。そういうのはあるんじゃないかって思うし、実際伯父さんもそんなこと言ってたからさ。

俺のバカな兄貴もさ、更生してさ、いい男になってさ。

『よぉ泰造。久しぶりだな。たまには兄弟二人で酒でも飲むか』

って笑顔で言ってさ、いい酒飲ませてくれてさ、美味しいもの食べさせてくれてさ、酔っぱらっても周りに迷惑かけたりしないでスマートにさ。

『じゃあまたな。たまには家に遊びに来いよ。美春もお前に会いたがっているぞ』

とかさ。そんなふうに声をかけてくれないものかって、たまに思うこともあるよ。たまにね。たまにな。たまにさ。本当にたまに。

そう思うのもさ、美春さんがかわいそうだからさ。

や、ホントにかわいそうなのかどうかは本人にしかわかんないんだろうけどさ、少なくともあんな悪い男に引っ掛かってさ。いや引っ掛かったのかどうかもわかんないんだけどさ。あれだよね、男と女のアレは本当に第三者には理解できないよね。

「本当はいい人だと思うんだけどさ」

美春さん。

たぶん、いい人なんだ。や、わかんないけど。そんな気がするんだ。ちゃんと根拠もあるんだけど。

お寺って、好きなんだよ。町の真ん中にあるのにさ、一歩そこに入ったら音がクリアになるんだよな。

これって、何なんだろうね。何回来てもわかんないよ。お寺の持つ何かなのかなぁ。聴こえてくる車の騒音や鳥の声や町の騒めきなんかが全部全部ひとつひとつの音がクリアに聴こえてくるのよ。

ノイズのない、いや違うな。

それ以外の音のノイズが消えるんだよ。すーっと。

「こんにちはー、〈スーパーいちかわ〉でーす」

声を掛けると、ひょい、って感じで顔を出してくれたのは、行成さんだった。

「あぁ、ご苦労様です」

相変わらずとてもお坊さんとは思えないシャープな顔だよね。スーツ姿で会ったりしたらゼッタイに眼を合わせたくないと思うタイプの顔。俳優になった方がいいよね。アブナイ系の演技をする俳優さんに。

「お世話になってます。重いですから持っていきますよ」

「あ、ごめんね。じゃ、本堂の脇の部屋に置いといてもらえるかな。わかる？」

「あ、わかりますよー。いいっすよー」

お寺のね、本堂も好きなんだよ俺。若いのにシブイじゃないかって思うかもしんないけど、やっぱりお寺の本堂ってのも、音の響きがいいんだよ。音響的に優れているってわけじゃないんだけど、何て言えばいいかなぁ、抜け感がいいんだよね。こういうところアコースティックライブとかやるといいと思うんだ。

「あぁ、ありがとう」

荷物を置いたら、行成さんは小さなコップに入った麦茶をお盆に載せて持ってきてくれていた。

「一服していきなよ。もう上がりなんだろう」

「あ、すんません。じゃ、遠慮なく」

お坊さんは話せるよね。煙草を取り出して火を点ける。

「どうだい景気は」

「音楽の方ですか？」

訊いたら行成さんは、あぁ、って苦笑いした。

「音楽の、本業の方」

そうそう、行成さんは俺の音楽を本業って言ってくれるから好きなんだ。

「ぼちぼちです。でも、ライブの動員は伸びてますから。今度ツアーも行くし」

「へぇ」

そうなんだ。ツアーに出る。っても東京と大阪と京都で、都合五ヶ所だけだけどさ。

「そういうライブハウスでのツアーっていうのはどれぐらいの上がりが出るものなんだい。大ざっぱに言うと」

うん、本当に大ざっぱですね。

「ハコは小さいですからね。でも、チケットが完売してくれれば、っていうか完売のあてがあるからやるんですけど、五ヶ所でまぁコンビニのバイト一ヶ月分ぐらいの収入にはなると思いますよ」

「大したもんじゃないか」

「でも、交通費や宿泊費、食費はもちろん自分持ちですからね」

「節約しないと上がりが減るのか」

そういうこと。

「だから、あの軽自動車に乗って、最悪は泊まりも車の中ですよ」

「マジか」

マジです。

「そうしないとツアーやる意味なくなっちゃうんで。まぁ現地で泊めてくれるっていう知人も探しますけどね。後は会場でＣＤも手売りするし、グッズも売るし」

「グッズ？」

「そうっす」

今のミュージシャンはグッズ作って売って何とか儲けを出すんですよ。

「Ｔシャツとか、バッグとか、缶バッジとかいろいろ作りますよ。売れてる人はもっと手が込んだものを作りますからね」

「そういうのは芸能人だけかと思ったけど」

「いやいや、僕らインディーズこそそういうものを作って売るんですよ。安くていいものを作ってバッチリ売って収入にする」

「そして心にゆとりを持っていい曲を作る、と」

「そうです！」

思わず手を合わせて拝(おが)んじゃったよ。

「仏の教えと同じでしょ？　心のゆとりが愛を生むんですよ。今を生きる我らに心のゆとりをもたらすのは、一ヶ月は食っていける程度のお金ですよ」

苦笑いされる。ですよね。

「まぁ大筋では間違ってはいないけどね。アルバイトのスーパーの景気はどう」

「悪くはないと思いますよ。でもとにかく今はどこも薄利多売っスからね。安く仕入れて安く売るの繰り返しで、どこまで持つかそれとも何か一手を打つかって、伯父はいつも悩んでますよ」

「そうだよね」

そういう話をすると、お坊さんはいいよなぁ。なんたって坊主丸儲けだもんなぁ、って一瞬思ったこともあるけど、お坊さんはお坊さんでいろいろ苦労があるよね。

うちの祖母ちゃんも前にやってたけど、あれこれどうでもいい身内の揉め事を長々と相談されたりさぁ。

そうだ。

相談と言えば。

「あのー、行成和尚さん」

「いや、和尚さんはいらないから」

「行成さん、交番のお巡りさんと同級生だったとかって聞きましたけど」

「そう。小学校のときね」

小学校っすか。

「友達だったんですか」

「そうだね。友達だったよ」

「じゃあ、今も親しく」

「してるね。何かあったの？」

「いや、何かあったらまぁそのまんま警察に駆け込むんで事件ってわけじゃないんですけどね」

うん、それはなんだい、って感じで行成さんは頷く。この急（せ）かすでもなく嫌がるわけでもなく、鷹揚（おうよう）にどっしりと構えて聞いてくれる姿勢こそアレだよね。これがお坊さんってもんだよね。

「何か奇妙なことがあったもんで、これは警察に言うべきかそれとも放っておくべきかって思っていたことがあるんですけどね」

「奇妙なこと？　スーパーで？」

そうなんですわ。

もう、奇妙としか言い様のないこと。

「女子高生なんですけどね」

五　楢島悦子(えつこ)　主婦

「マンガ家?」

「そうよ」

「マンガ家って、あのマンガを描く人かい?」

旦那様は箸(はし)でたくあんをはさんだまま眼をぱちくりさせて言った。

「マンガを描かないマンガ家がいるなら見てみたいわ」

いい台詞(せりふ)を言ったと思ったけど、どうせ旦那様はえりちんの名作『描かないマンガ家』のことなんか知らないから届かないわよね。

「いや、そうじゃなくて」

「はいはい、わかっています」

顰め面をしながらたくあんを口に入れた。ポリポリポリポリ。

「そのマンガを描くマンガ家ですよ。それになりたいから頑張るんですって」

あなたと私の娘が。

あおいは。

旦那様がちらっと壁の時計を見た。今は七時半過ぎました。いつもより遅い晩ご飯ですよね。残業お疲れ様でした。今日は美味しいカレーライスです。でも、結婚してもう十九年になりますけど私はいまだにカレーには福神漬（ふくじんづ）けだと思ってますからね。たくあんはカレーには合わないっていうのは曲げませんからね。

「じゃあ、今も部屋で描いているっていうのか」

「今はたぶんネームをやってるでしょうね。ずっと悩んでいるから」

「ネーム？　って、なんだい？」

はい、その質問も想定済みです。マンガなんかほとんど読んだことがないっていう天然記念物のような我が旦那様。

「ネームというのは、マンガのあらすじのようなものです。小説のあらすじはわかるわよね？」

「もちろんだ」

もぐもぐ。カレー美味しいでしょ？　ルーを替えてみたんだけど本当に美味しいのよ、このルー。

「小説のあらすじは、ただ文章で書けばいいけど、マンガのあらすじを文章で書いたってダメでしょう？　マンガは絵なんだから、絵であらすじを描かなきゃ伝わらない。だから、大体の様子を簡単な絵で描いていくの。それがネーム」

ふむ、って頷く旦那様。堅物で真面目一徹の人だからって、頭が悪いわけじゃないからね。すぐに理解できるわよね。

「なるほど。じゃあ、あの、コマ、だったかな。区切りをちゃんと想定してそこにどんな絵が入るかというのを考えながら大体の絵を描いてストーリーもわかるようにするのが、ネームというものなんだね。要するに下描きだね？」

「そうそう、その通り。その下描きが決まらないと、マンガが描けないってわかるでしょう？」

「もう入りましたよ」

「お風呂は」

そうか、って頷く。考えてる考えてる。

「まぁ、君の子供だからね。マンガ好きなのはわかっていたけれど、まさかマンガ家を目指しているとは」

「あら、あの子小学校の頃からマンガ家になるって言ってたわよ」

「え？　でもあれだろう。卒業文集には〈アイドルになりたい〉って書いてあったろう」

「あれはポーズよ」

「ポーズ？」

そう。

「マンガ家になりたい、なんて書いたら、カワイイって言ってくれてる皆の期待を裏切りそうだから、皆がそう思っていそうなことを書いたのよ」

何でそんな死にそうな顔をするのよ、旦那様。

「どしたの？」

「小学生でそんな気を遣ったのか？」

情けない声を出さないでよ。何でそこでスプーンが震えているのよ。

「気を遣ったんじゃないわよ。その方がいいって判断をしただけ。あの子はね、子供の頃から的確な判断ができる子だったのよ」

我が娘ながら、見栄えのよい子になってしまったあおい。ぶっちゃけ、美人よね。

そりゃあね、私だって若い頃はそれなりのものだったって自覚はあります。ありますよそれは。ない女なんていませんよ。

自分が美人かそうでないかは、はっきりと自覚します。男みたいに勘違いなんかしません。その私よりもはるかに可愛らしく生まれ育ったあおいは、皆に将来はアイドルになったらいいのに、って言われ続けた。実際、スカウトも来てたしね。これからもたぶん来ると思うけど、本人にはその気はまったくない。

「まぁ、芸能界なんて世界に送り出す気はまったくなかったけれども」

「そうでしょ？　もしそう言い出したら反対したでしょ？」

「するよ。むしろ反対しない親が信じられないよ。自分の娘の水着姿を何万という男たちが見るなんて考えたら」

そうよね。まぁその気持ちはわかるけれども。

「だからって、マンガ家？」

「少なくとも水着姿を不特定多数に見せる商売じゃないわよ」

「そうだろうけど、才能の世界だろう？」

「どんな世界だろうと、最後にモノをいうのは才能よ。あなただって、事務処理能力は誰よりも優れている自負があるでしょ？　私だって主婦としての才能はなかなかのものだって思うわよ」

炊事洗濯掃除に買い物。

「家計を預かって節約して旦那様のお給料を有効に使って将来の設計をきちんと考えて。有能でしょう？」

「うん」

うん、そこを素直に認めてくれるのはうちの旦那様のいいところ。

「あの子は、確かにマンガの才能はあると思うわ。どこまで行けるかはまったくわからないけど、学生のうちは夢を追うのがあたりまえってもんでしょ？」

私は、私もマンガ家になりたかった。

マンガが死ぬほど大好きだった。今でも大好き。マンガと旦那のどっちをより愛しているかって訊かれたら、夫に知られないなら〈マンガ〉って答える。

旦那様は少ししょぼんとしちゃって、カレーを口に運んでいる。

「でもまぁ、ずっと家にいるしな」

「なによ。娘に何を期待していたの？　キャビンアテンダントでも目指してほしかった？」

「そんなんじゃないよ。でも、あの子はさ」

天井を見た。あの子の部屋はちょうどこのキッチンの真上。何か落としたらすぐにわかる。

「可愛くて、スポーツもできて、頭もよくてさ。何でもできる、信じられないぐらいすごい女の子に育って、何でも選べるんだろうなって思っていたからさ」

「マンガ家は不満？」

「不満ではないよ。すごい職業だと思うよ。それで有名になるほどすごいマンガ家になれば大したものだとは思うけれど」

まぁ、ね。

「何も家にこもって夜も昼も机にかじりついて絵を描かなくたって他にもっと生かせる才

能があるのにな、とは思うわよね」

それは確かにそうだわ。あの子はそれこそ苦労しないでもアイドルになれるぐらい美人なんだから。

でもね、旦那様。

母である私は、ホッとしてるの。

言えないけれど。

あの子が〈マンガ〉というとてつもない魅力を持つ世界に浸ってくれて、なおかつ〈マンガ家〉という文字通り命をかけてでも描き続けないと成功できない世界に挑戦しようと思ってくれていることに。

だって、マンガ家には並大抵の努力じゃなれない。ましてや、十年二十年続けても売れるマンガ家になれる保証はどこにもないし、なれたとしてもその立場に居続けるためにはさらにとんでもない努力が必要。

私は、知ってるんだ。マンガを愛し続けて四十年よ。

できればこの自宅を改装してマンガ喫茶を開いて秘蔵している万を超える冊数のマンガを全部並べたいと思っている平凡な主婦である楢島悦子よ。

マンガを愛したら一生それに囚われ続ける。

つまりそれは、あおいは、お祖母ちゃんの弟子から、受け継いだお祖母ちゃんのあの宿命から解放されるってことだから。

「でも」

旦那様がようやく顔を綻ばせた。

「あおいが描くマンガなら、読んでみたいな」

「そうでしょう？」

「どんなマンガを描こうと思っているんだ？　まさか十八禁のものとかじゃないよね」

「まさか」

マンガにはBLというジャンルもあって、実はあの子はそういうのも読んでるわ、なんてとても言えないわね。

「訊いたら、今はお巡りさんを主人公にしたマンガを描こうと思ってるみたいよ」

「お巡りさん？」

「そう。〈東楽観寺前交番〉あるでしょう？」

「あるね」

「そこに取材にも行ってるらしいわよ」

へぇ、って感心したように眼を丸くした。

「お巡りさんは、そういうことにも応対してくれるのかい」

「ちゃんと、応対してくれたって。なかなかのイケメンで独身のお巡りさんよ。写真も撮らせてもらったって」

イケメン、って呟いてまた心配そうな顔をした。男親って本当に娘を溺愛するわよね。皆がそうだとは言わないけど、私の父もそうだったわ。

「写真見たのか」

「見たわよ。後で見せてもらったら？」

「イケメンなのか」

「心配することないわよ。お巡りさんよ？　それに、もしもの話で、お巡りさんと付き合ってしまったとしてもむしろ嬉しいでしょう？　公務員よ。あなたと同じよ」

「職種が違い過ぎるよ」

「だとしても、日本国が潰れない限りは安心安全な職業よ。それに交番勤務だから危険なこともあまりないだろうしね」

私は、むしろそのままあおいがお巡りさんに密着取材して、カノジョにでもなってほしいぐらい。

そうなればますますあの子はあぶないことはできなくなる。

二度としなくなると思う。

愛する旦那様、楢島明彦さんにも決して言えない、私とあおいの秘密。

〈昭和最後の平場師〉と呼ばれた掏摸の〈菅野みつ〉の娘が、私。

そして孫娘が、あおい。

娘の私が決して継がなかった〈菅野みつ〉の天才的な掏摸の技を受け継いでしまった、あおい。しかも、お祖母ちゃんに、〈菅野みつ〉に、『私よりも、はるかにはるかにこの子は天分がある』と言わせてしまった我が娘。

そんな気はしていたのよね。あの子が幼稚園の頃から。

あおいは、他のどの子よりも人の気配を敏感に察していた。注意して察するんじゃなくて、ごく自然に。

掏摸にとって何よりの資質は〈人の気配を察する〉こと。それは別に特別なことじゃない。普通の人だって、部屋の向こうにいる人の気配は注意深く集中すれば察することができるはず。

掏摸の天才は、その気配を察する能力を、まるで超能力者か！　ってぐらいに図抜けたものにしている。

私も小さい頃、母親に、あおいのお祖母ちゃんに、何度も何度も驚かされた。一階と二階の別々の場所にいるのに、私が何をしていたかを〈菅野みつ〉は八割の確率で読み取った。

『気配と、音だよ』

そう言っていた。

掏摸はまず耳がよくなくては一流になれない。〈聴覚〉と〈気配を読む能力〉は表裏一体なんだ。

〈菅野みつ〉は冗談ではなく、落ちた針の音を隣の部屋から聞き分けた。

そして、我が娘あおいも、今はこうして二階と一階にいるけれど、あの子はその気になれば下で私たちが何をしているかを、ほぼ十割の確率で当てるのよ。

六　大村行成　副住職

「では、いただきます」

午前七時半の朝ご飯。父と母と俺の三人で食べている。ここに巡が加わることも多いんだが、今朝はいない。

「今日は巡は非番だっけ？」

「お休みって言ってたわよ、昨日」

おふくろが目玉焼きの白身をきれいに箸で切り分けながら言う。

「そうか」

そういや言ってたような気がする。非番や休みの日の飯は自由にしろと言ってある。せっかくのんびり寝られるのに、お寺の早い朝食に付き合う必要はない。

非番と休日が違うというのを巡がここに来てから初めて知った。非番というのは夜勤明けの日のことを言うんだそうだ。交番勤務の警察官はほぼ丸一日勤務する。もちろん休憩する時間はあるんだが、ほとんど仮眠をとるぐらいとか。で、夜勤明けの次の日が非番だ。お休みだ。

それとは別に、休日が組まれる。本当の意味での休日だそうだ。非番の日には酒を飲まない警察官も休日には飲む人もいるとか聞いた。まぁその辺は人それぞれだそうだが。

「宇田くんって、休日には何をしてるのかしらね」

おふくろが訊く。

「あいつはほとんど無趣味だからね。部屋の掃除をして洗濯をして、あとはおもしろそうな映画でも観るかどうかってところじゃないかな」

そんな感じらしい。そうなの？　っておふくろが言う。

「何にでも通じていそうな雰囲気なのにねぇ」

「あぁ、それはそうだな」

親父も味噌汁を飲みながら頷いた。

「それはだね」

その秘密を俺は知っている。

「あいつは無趣味って言ったけど、唯一と言っていいかどうかはわからんけど、趣味があるんだ」

「何よ」

「映画の予告編を観ること」

え？　っていう顔を二人して俺に向ける。

「映画館に行くってことかな？」

「違う。ネットで観るんだ」

ネットにはまったく無関心の我が親は知らないだろうけど。

「ネットではね、公開中はもちろんこれから公開する、もしくはもう終わった映画の予告編をいつでも観られる映画情報サイトが山ほどあるんだ」

なるほど、って親父が頷いた。

「そこで、観るのか」

「予告編だけ？　本編は観に行かないの？」

「行くこともあるけど、正直、映画なんてそんなに行けないだろう。しかも予告編ってのはね、下手したら本編よりもおもしろいことが多いんだ」

これは、本当だ。普通の人よりは映画好きだと自負しているが、予告編だけ観て本編を観なきゃよかったと思った映画は多々ある。

「そして巡のすごいところは、予告編を観て気になった事象についてあれこれ調べるんだ」

どういうこと？　って顔をおふくろは俺に向ける。

「たとえば予告編を観て、それが『ハリー・ポッター』だったとするよね？　おふくろ『ハリー・ポッター』好きだよね？」

「大好きよ」

「じゃあ〈魔法〉とはそもそもどういうものだろう？　って巡はネットで調べ始めるんだ。そこから〈魔女〉とか〈魔女狩り〉なんて調べて、今度は〈宗教〉とか調べ始めてそれで一時間二時間ずっとネットで調べたりするそうだよ」

ほう、って親父が感心したように言う。

「要するにあれだ。興味を持ったものを図書館で何冊も本を借り出してきて何時間も調べるようなもんだな」

「そういうこと。それが好きなんだってさあいつ」

「それはまぁ、悪いことじゃあないけれど」

おふくろが困ったような顔をする。

「女性にはあんまり歓迎されない趣味かもねぇ」

まぁそうだね。

九歳までの親友。九歳じゃあ親友なんて言葉もようやく覚えたか覚えないかぐらいの子供だ。ガキだ。何にも考えないで毎日遊んでポケモンやってテレビでデジモンやヒーローものを観てれば満足って感じだ。

十何年ぶりに再会したってことは、その間にお互いにいろんなことがあったということだ。何せ思春期や反抗期やあれこれ多感な時期をまったく知らずにそれぞれに育ったんだから、どんな男になったかなんてしばらく過ごしてみなきゃわからん。

それが、俺と巡の場合は、どういうわけかあっという間に十数年の空白の日々が埋まってしまった。

奴が交番にやってきて、最初の晩はまだ巡の荷物が届いていなかったのでうちに泊めることにして、二人で俺の部屋であれこれ語り合った。

どんな学生時代を過ごしてきたか、周りでどんな大きな事件があったかなかったか、そしてどんな女と付き合ってきたか。

よくもまぁ男二人でそんなに話せるなってぐらいに笑いながらずっと話していた。つまり、やっぱり俺たち二人はウマが合うってことなんだ。たぶん生まれたときからそう決まっていたんじゃないかってぐらいに。その夜だけで、もうお互いのことが何もかもわかっちまう感じになった。

もしもどっちかが女だったり、あるいは両方がゲイだったりしたらすぐさま恋人になったんじゃないかって思うぐらいだ。

残念というかよかったというか、二人とも女が好きな男だったんだが。

「入るぞー」

八時半過ぎ。境内の端、交番のすぐ裏にある六角堂のような木造家屋。磨りガラスの入った玄関の引き戸を開ける。そう、鍵なんか掛かっていない。そもそもお寺の境内の小屋に勝手に入ろうという不心得者はいないし、ここが警察官の住居だというのは昔からの住民なら皆が知ってる。

「おはよう」

玄関を入ってすぐ脇にある四畳半から巡がパジャマのまま出てきた。

「起きてたか」

「たった今起きた」

「顔洗え。朝ご飯のあてはあるのか？」

「どこかのモーニングでも食べようと思ってた」

寝ぼけ顔のこいつは童顔のせいでまるで中学生のガキにも見える。

「じゃあ、〈あんばす〉にでも行こうぜ。さっさと顔洗え」

巡が身体をぼりぼりと掻きながら、頷いて俺を見る。

「何か用事あるの？」

「何か予定があるのか？」

特には、って感じで首を横に振った。

「僕はいいけど、お勤めは？」

「今日は暇だろうから少し休憩だ。付き合え」

〈あんばす〉は〈東楽観寺商店街〉に寺側から入ってすぐの老舗の喫茶店だ。もうここで四十年も営業してて、今は二代目が店を開店当時のままのスタイルでやってる。モーニングは厚切りトーストと目玉焼きセットか、ホットサンドセットの二種類がある。

いちばん奥まったところには壁で仕切られたテーブル席があって、内緒話をするのには最適なんだ。恥ずかしがり屋のカップルがよくここに引っ込んで二人でいちゃいちゃしてるし、町に住んでるマンガ家や小説家もよくここを利用してネームや小説を書いたりしてる。

「それで、どうしたの？」

巡がすぐに運ばれてきたホットサンドをぱくつきながら言った。ここのホットサンドのツナはめちゃ旨いんだ。玉ねぎとツナとマヨネーズの配合が得も言われぬほどの絶妙さだ。

「どうしたとは何だ」

「何か話があるからここに来たんだろう？　内緒の話？」

「内緒ってほどでもないし、本当に内緒の話ならお前の家か本堂でするよ」

まぁそうだね、って少し笑って頷く。

「まぁ休みの日のひまつぶしと思って聞いてくれ」

いいよ、って笑う。できれば俺はこいつにピッタリのお嫁さんを探してやりたいって思ってるんだが、それはまぁいい。

「警察官は奇妙な偶然、ってのを気にする方か」

ホットコーヒーを飲みながら、巡はわずかに眉を顰めた。

「警察官、ってわざわざ限定するからには、その奇妙な偶然っていうのは事件絡みってこと？」

「事件、とまではいかなくても、日常生活のレベルで」

「基本的には、そういうものは気にしないと、いい警察官にはなれないって思ってるけどね」

「と言うと？」

そうだなぁ、と言いながらホットサンドを食べる。〈あんばす〉にはいつも〈歌謡曲〉か〈スタンダードジャズ〉が流れているんだが、驚いたことにそれは全部初代が作ったオリジナルのカセットテープに録音されたものなんだ。まぁさすがに今はCDに落として流しているらしいけど。

「偶然、っていうのは、たとえば僕が今日みたいな休日にちょっと本屋でも行こうかなって思って行くとするよね」

「しておこう」

「そこにたまたまお前もやってきたとする。それは偶然だよね」

「偶然だな」

「でも、もしお前が僕が家を出るのを見て、後をつけて本屋に来たらそれは偶然じゃないよね」

「違うな」

「それが〈事件〉のとっかかりになるよね。つまり、何かが起こった際に、それはどうして起こったのかを考えていくと全ての関係者の行動には意味がないといけない。ふとその気になったとしても、ふとその気になった、という意味があるんだ」

少し言葉足らずだが言いたいことはわかった。

「たとえ、ある面からは偶然に思えても、何もかも調べて、本当にこれは偶然だったと結論がでるまで調べる気持ちを常に持っていないと、いい警察官とは言えないってことだな」

「そういうことだね」

　さすがだな。

「そこで、だ」

「うん」

「女子高生二人を覚えているだろう。楢島あおいちゃんと鈴元杏菜ちゃんだ」

　うん、と頷いた。

「もちろん覚えてるよ」

「あの子たち二人が、いや、楢島あおいちゃんがお前の写真を撮りたいって言ってきたのは偶然ではないな？」

　こいつは何を言いたいんだって顔をして巡が俺を見る。

「違うね。偶然ではなく、彼女が自発的に僕のところに来た」

「最初はもじもじしていたけどな」

「そうだね」

　二人で笑う。その辺は、けっこうカワイイ子だ。図太い女の子じゃないんだろう。

「では、彼女たちが去った後にあの財布があったのは偶然か？」

　巡の右眼が細くなった。

「その話なのか」

「その話だ」

右眼を細くしたまま、唇を少し尖らせる。

「現段階では材料が少な過ぎて偶然と結論づけるしかないし、そもそもその側面からは何も調べていないけど」

言葉を切って、真剣な顔で俺を見た。

「何かあったの？」

「その顔は、けっこう気にしていたってことか」

「そりゃあ気にしてたよ。どう考えてもあの財布があそこに現れた状況が奇妙だったからね。何かSF的な展開でオチを付けないと納得できないぐらいに」

その通りだ。

「それで、何があったの」

「〈スーパーいちかわ〉って知ってるだろ」

「もちろん。買い物に行ったこともあるよ」

「そこの社長の甥っ子が店でアルバイトをしているんだが、知ってるか？」

ああ、と、少し考えてから頷いた。

「話したことはないけれど、把握(はあく)しているよ。確か、インディーズでミュージシャンをしているんだよね。聴いたことはないけれど、ライブハウスでもライブをやってるって」

「そう。その男、市川泰造っていうんだが、実は俺の高校時代の後輩なんだよ」

「あ、そうなんだ」

可愛い奴なんだ。可愛いってのはもちろん顔とかじゃなくて、性格がだ。

「そいつがこの間、寺に届け物を持ってきたときに、ちょっと話を聞いてほしいって言ってきて、そのときに聞いた話なんだけどさ」

「うん」

不可思議な話だ。

「万引きされたものが返ってきたって言うんだ」

「戻ってきたんじゃなくて、返ってきた、というからには何か尋常ではない手段で戻されたってこと？」

「そういうことだ」

それもまた偶然だった。仕組まれたものじゃない。

「本当にたまたま、という状況なんだ。その泰造は、まぁ目端(めはし)が利(き)く感じはあるけれど、別に特別優秀なアルバイトってわけじゃあない。だが、仕事は熱心にきちんとする。与えられたものだけじゃなくて、自分のすべきことをきちんと把握してるし、もしもそれが自分が働く場所の利益になるんだったらちょっとぐらいは無償で働いてもいいって思うような男だ。ここまではいいな？」

いいよ、と、巡が頷いた。

「泰造くんはインディーズミュージシャンだけど、社会人としてもきちんとしてるどころか、それなりに仕事ができるし、気のいい男なんだね」

「そういうことだ。それなりに可愛い後輩なんだよ。で、その泰造、大好きなチョコがあって一日一箱食べるぐらい好きなんだ」

「ひょっとして泰造くんは、ぽっちゃりな男？」

少し笑いながら言う。

「ご明察。奴は高校時代から〈動けるデブ〉として有名だったんだ」

「動けるんだ」

「ミュージシャンだからな。リズム感は良いし踊れるしキレもある」

「何だか会いたくなってきた」

「今度一緒に酒でも飲もうぜ。で、だ。ある日、〈スーパーいちかわ〉で泰造がバイト中、大好きなチョコが置いてある棚のところを通りかかったときにまったくの習慣で個数を確認した。つまり、棚に置いてあるのが何個ぐらい減ってるかをだな」

「数えたわけじゃなくて目視でだね」

「そうだ」

「見てわかるくらい好きだってことだね」

「らしいな。そしてそこを通り過ぎて棚の角を回り、ふと何かが気になって廻れ右してひょいと顔をのぞかせた瞬間、とある奥様がチョコを万引きするのを目撃してしまった。買い物カゴじゃなくて着ていたジャケットのポケットに、すっ、と入れたのを見てしまったんだな」

巡が、あぁ、と小声を漏らす。

「何があったのかな、その奥様に」

「そこは今回は関係ない。もし現場を押さえられて今度交番に来たら事情を聞いてやれ。ああいうのは心の病が多いんだろう？」

「そうなんだ」

交番ってのは、実は万引きの犯人が連れてこられる率が非常に高いって聞いた。本来犯罪だから逮捕されて然るべきなんだけど、何かしらの事情がある場合は万引きされた方と話して、交番で厳重注意だけで帰すことも多いそうだ。

それは、実はお寺もそうなんだ。意外と知られてないが、その地元に密着した寺には厄介な相談事が持ち込まれることが多い。万引きもそのひとつなのさ。うちの場合はすぐそこが交番なものだから、便利っちゃあ便利だし。

まぁそこは置いといて。

「釈迦に説法だが、万引きはその店を出た段階で捕まえなきゃどうしようもないよな」

「そうだね」

品物を持って金を払わないで店を出ない限りは、万引きと確定できない。

「そこで、泰造はもうバイトはあがっていい時間になっていたんだけど、それとなくその奥様を見張っていた。もちろんチョコの棚も見てさっきより一個減っているのをきっちり確認した。ところがだな、その奥様がうろうろするのを見張っていてまたそのチョコの棚の前を通ったとき確認したら数が元に戻っていたんだ」

「戻っていた?」

巡が眼を細める。

「そう、戻っていた。あれっ? と思ってその奥様を観察したら、奥様も微妙に驚いていた。ジャケットのポケットをさりげなく触ってね。そこにチョコがないのに自分でもそのときに気づいたらしい」

「どういうこと?」

「泰造はな、奇妙な特技を持っていて、自分が見た光景をしばらくの間ははっきり覚えているそうだ。まるでビデオレコーダーのように」

「それは、特技なの?」

「後で詳しく説明するけど、いるだろ。見た物をそのまんま覚えることができる人って。泰造の場合は少ししたら忘れちゃうそうだけど、ある程度ならまるでビデオの巻き戻しみたいにして、自分が見た光景を精査できる。そこでその場で自覚していなくても自分の視界に入っていた光景をじっくり思い出したら、その奥様のすぐ近くにチョコの棚の前を通りかかった女子高生の後ろ姿があったんだってさ」

「女子高生」

「制服を着ていたから間違いないそうだ。時間的にも放課後だったそうだから、女子高生が制服のまま買い物していてもおかしくない。そしてな、ここからが肝心なところなんだが、よく聞けよ」

「うん」

「泰造は自分の眼を、いや、自分の記憶を疑ったそうだ。女子高生がチョコの棚の前を通り過ぎた瞬間、チョコの箱が一個宙を舞って棚にすっぽり収まっていたそうだ」

え？　という顔を巡は見せる。

「どういうこと？　いやその前に泰造くんの、その、記憶を巻き戻すように確認できるって何？」

「だから言ったろ。自分の視界に入ってはいても、意識しなかったらその場面に何があったかなんて普通覚えていないだろう？　その気になって観察しないと、人間は何も見てないと同じことなんだ。それはわかるだろ？」

「わかるね」

「泰造もそのときには万引きした奥様の様子だけに注目していたから、同じ視界に入ってたその他のものはどうでもいいものだから見ていなかった。でも、視界には入っていたんだから脳の記憶の中にはある。泰造はそれをしっかり思い出せるんだ」

眼を丸くして巡は言う。

「便利な特技だね」

「そんなに驚くことはないし、わりと普通のものだ。お前だって映画を真剣に観ていたら過ぎていったシーンでも記憶に残って、後からちゃんと思い出せるだろう？」

巡は少し考えてから、うーん、と言って俺を見た。

「覚えていないようでも意外に細かいところまで記憶してたりするね。そうか、それと同じことを泰造くんはもっと正確にできる人なんだ」

「そういうことさ」

納得して、巡が言う。

「女子高生？」

「そうだ」

「チョコが宙を舞って棚に戻った？」

「そうだ」

「それは、比喩（ひゆ）じゃなくて」

比喩じゃない。

「少なくとも泰造の記憶にはそう残っていたってことだ。まさか本当にチョコが勝手に飛ぶわけはないから、それはどういう解釈ができる？」

ちょっと待って、と、巡は手の平を広げてみせた。

「つまり、こう解釈しないとダメなんだ。その女子高生は、どこぞの奥様がチョコを万引きするのをたまたま目撃した。それで、事を荒立てないようにこっそり奥様のジャケットのポケットからチョコを盗み、さらに誰にも気づかれないように高速でチョコを棚に戻した」

「そういうことだ」

「その戻す動作が眼にも留まらぬ速さだったので、泰造くんには飛んで戻ったように見えたんだ」

あるいは。

「本当に飛ばした、とも考えられる。その女子高生は誰にも気づかれずに物をひょいと投げて棚にきっちり収められるような特技を持っているのかもしれない」

うーん、って巡が唸（うな）った。

「その女子高生の顔は、泰造くんは見ていないいんだね？」

「いないんだこれが」

「後ろ姿だけ」

「そうだ」

長い髪の毛を後ろで結んでいた。すらりとしたいかにも美人っぽいスタイルのいい女の子だったらしい。

「だが、制服はわかった。榛高校の制服で間違いないそうだ」

榛高校かぁ、と、巡が呟くように言う。

「ちょっと煙草吸っていい？」

「いいぞ」

坊主が煙草を吸おうと文句を言う人はいないのだが、檀家さんもどんどん喫煙者が減っていく中、親父は数年前に禁煙した。そもそも俺は吸っていなかったので問題ないし、煙草の煙に包まれたってどうということはない。坊主に線香の煙は付きものだ。ときにはとんでもなく多量の線香の煙に包まれることだってあるから耐性もある。煙草も線香も元はただの植物だ。何てことはない。

警察官も最近は喫煙する連中は嫌われるらしい。そもそも交番内は禁煙の場合が多いそうだ。

ただ、何かをしっかり考えたいときにはこうやって煙草を吸いたくなると巡は言う。

「どう考えても」

巡が言う。

「そのスーパーの女子高生は楢島あおいちゃんじゃないか、と思ってしまうね」

「考えなくてもな。いろんなことが、楢島あおいちゃんを指し示しているし、まだお前に言ってない情報もある」

「それは、わかった」

にやり、と笑う。

「〈スーパーいちかわ〉だろう？」

「まぁ簡単だよな。同じ名前だもんな」

〈スーパーいちかわ〉。つまり、市川さんだ。

「あの財布の持ち主は〈市川美春〉さん。そして市川泰造だもんな」

「どういう関係なの？　美春さんと泰造くんは」

そんなにややこしいものじゃない。

「泰造には、兄貴がいるんだ。実は俺の高校の同級生だ」

「同級生？」

「そうなんだが、存在は知ってても、まるっきり付き合いはないしそもそも俺は顔さえわからん。泰造の話ではあまり似てないそうなんだがな。で、その泰造の兄貴の奥さん、つまり泰造の義理の姉が」

「市川美春さんってことかい」

そうなのさ。

「どうよ。うたのお巡りさん。これをどう考える」

泰造の話を聞いて、俺はちょっと興奮してしまった。こんなにもいろんなことが繋がっていくのは何か初めての経験だった。

「じゃあ、確認するけど、美春さんの働かずに遊んでばかりいるろくでもないヒモのような亭主っていうのが、泰造くんのお兄さんなんだね」

「そういうことだな」

一緒に会いに行ったときには、亭主が何者かまでは確認しなかったからな。

市川美春さんに、虐待、もしくは育児放棄の疑いがあるから、一緒に来てくれないかとあの日巡は言った。自分がまたすぐに顔を出してもまったく無視される可能性が高い。その点、この町でも有名な、有名というかほとんどの人間が知っている〈東楽観寺〉の副住職が家にやってきたら、絶対に顔を出すだろう、と。

その通りだった。

日本人って不思議なもんで、別に仏教徒じゃなくても、無宗教の若者でも、坊さんが坊さんらしい格好でそこにいるとある種の敬意を抱いて接してくれるんだ。それぐらい、仏教と神道は日本人のメンタリティにいろいろ混じり合って根付いている。

市川美春さんは、最初こそ警戒して、あるいは迷惑そうな感じで俺を見ていたが、そこはそれ、これでも坊主だ。

仏の道を歩む者だ。

人の生きる道に寄り添い、善き心を説く者だ。

『まぁ、少しの間でけっこうですから、私の話を聞いてください』

そう言って、無駄話から始める。法話は、実はバリエーションが豊富だ。アレンジすればどんなふうにでも発展させられる。

よく話が下手くそな坊さんもいるんだが、あれは坊さんとしてはかなり致命傷に近い。話が下手な人のところがどんどん檀家を減らしていくっていう笑えない話も実際にあるんだ。

その点俺は、口八丁でよかった。しかも、声も滑舌もいいんだこれが。

そのお陰で、美春さんはいろんなことを話してくれた。

旦那がろくに家にいなくて育児が大変だったこと。お金もあまり入れてくれないこと。子供が少し大きくなったので気晴らしに子供を置いて独身の友達と飲み歩いていること。でもそれも子供が大人しいからできたことだったたって。

わかっていたんだと、泣き出した。自分がおかしいと。大人しく待っている子供に甘えているってことを。

そして、約束もしてくれた。子供のためにもう一度頑張ってみると。そして、辛くなったら無理しないで必ず俺のところに、つまり〈東楽観寺〉に来てくれると。

もちろん、巡の方から福祉関係の方面にはきちんと連絡しておいてもらった。

巡が煙草を吹かしながら、少し下を向いてずっと考えている。

考えがまとまったみたいで、顔を上げて俺を見た。

「つまり、お前の考えていることを代弁すると、こういうことになるのか」

言いながら煙草の灰を灰皿に落とす。

「この間会ったときに話したように、市川美春さんは生活の困窮や亭主のだらしなさに絶望しかけ、自分の子供にさえ愛情を注ぐことができないようになっていた。もう少しで育児放棄どころか、自分の子供そのものを捨ててどこかへ行ってしまいそうなぐらいになっていたな」

「そうだな」

「その市川美春さんと、子供の空ちゃんの関係をどこかで楢島あおいちゃんは知ったんだ」

そういうことになる。

「いい子である楢島あおいちゃんは、これはまずいんじゃないかと思った。このまま放っておけばあの親子はボロボロになってしまう。何とかしなきゃならないけれど、ただの女子高生であり、美春さん親子には何の縁もない自分があれこれ誰かに言ってもどうにもならないってこともわかっていた。そこで、彼女はある手段を使ったんだ、と」

「その手段っていうのが」

「チョコを本人にも気づかれずにジャケットのポケットから抜き取る手技だ」

「だな」

でもさ、と、巡は少し困ったような顔を見せた。

「それは、かなり、いやとてつもなく凄いことだと思うんだ。行成はもうわかっているんだろうけど、警察官としてまず整理するよ？」

「してくれ。俺の考えを確かめるためにも」

「楢島あおいちゃんは市川美春さんのハンドバッグからまったく気づかれずに財布を抜き取った。まずもってこれが凄い技術だ。これに関しては経験上ちょっと思うところがあるんだけど、それは後回しにする」

「うん」

「そしてあおいちゃんは、その財布を僕と行成の二人にまったく気づかれずに、あのベンチの上に置いたんだ。ここも、その考えに至ったことが驚きだ。つまり、警察官の僕を利用して育児放棄から空ちゃんを救おうとしたのはわかるんだけど、ただ僕にそれを言っただけじゃあ、美春さん本人に会ったとしても『大丈夫です』って言われたらそれで終わってしまう」

「実際そうだったからな。だから、あおいちゃんは、〈まったく謎の財布がそこに現れる〉ことにしたんだな」

「そうなる。そして、謎の財布が現れたのなら、当然警察官である僕はそれが誰のものかを調べて本人に返そうとする。ただし、電話して『取りに来てください』となってしまっては終わりだ。だから、市川美春さんの外出中を見はからって財布を抜き取った。僕が、部屋に足を運ぶことを計算したんだ」

「そういう話だよな」

「なおかつだ」

「うん」

「あおいちゃんは、行成をも巻き込むようにした。警察官だけでは拒否されたら終わってしまうところを、〈東楽観寺〉の副住職をそこに同席させることによって、それを第二の手段とした。だからこそ、〈財布を僕と行成の二人がいるときに、気づかれずにベンチの上に置いた〉んだ。そうやって、自分の目的を達成させたんだ」

まったく、だ。

「凄いプランニングだよな。高校生とは思えないぜ」

「そこも、高校生とは思えないけれども、あおいちゃんだからこそできたのかもしれない」

「うん？」

それは思いつかなかったな。

「どうしてだ？」

「彼女は、あおいちゃんはマンガ家志望なんだ。つまり、彼女は計画したんじゃない。このストーリーを考えて、文字通りというか、きっちり絵を描いたんだよ」

思わず手を打っちまった。

「なるほど！　そこには思い至らなかったな」

「こんなプランは想像力豊かな人じゃないと組み立てられない。あおいちゃんはまさにうってつけというか、彼女だからこそできたんだ」

二人で顔を見合わせて同時に頷き合ってしまった。そういうことだ。まさかそんなふうに話が転がっていくとは思わなかったけど。

「そう考えるのが、ベストというか、実にピッタリだろう？」

「ピッタリだね。随分あの〈謎の財布〉に悩んでいたけど、しっくり来る」

「で、後回しにした話って何だ」

うん、と、巡が頷く。

「今の話を誰かにしたところで、ただの女子高生がそんなポケットやカバンから気づかれずに何かを抜き取るなんて、と苦笑するだろうけどね。でも、そういう技術はあるんだよ」

「掏摸だろ」

誰でも思いつく。

「その通り。しかも、そんじょそこらの掏摸じゃないよ。そもそも考えてごらんよ。眠りこけている人のポケットから財布を盗もうとするだけでも、人間はとんでもなく緊張するよね？」

「するな」

とんでもないことだ。

「いつ起きるかわからんし、誰に見られるかわからん。俺にはできないね」

「僕にだってできないよ。とてもそんな度胸はない。それなのに、スーパーに現れた女子高生は普通に歩いている女性のジャケットのポケットから、チョコの箱を誰にも気づかれずに掏ったんだ。とんでもない、超能力に近いぐらいの技術だよ」

そう思う。

絶対に不可能と思ってしまう。

「俺は泰造という人間を信じているからな。あいつが言うんだから間違いないと思うが、他の人に聞かされても、まさかぁ、と思っただろうな」

そうだね、と、巡は頷く。

「僕も、この町の警察官じゃなかったら、信じなかったかもしれない」

「何だ、この町って限定は」

ニコリと笑う。

「この町にはね、実は伝説的な掏摸がいたという話があるんだ」

「伝説の掏摸？」

そうなんだ、と、巡は言った。

「〈昭和最後の平場師〉と呼ばれた女性掏摸なんだけど、その話は僕の部屋でしようか」

七　楢島あおい　女子高生

「わぁう」

ネームを読みながら杏菜が変な声を出した。

「なに、おもしろくなかった？」

「いや、違うのぉ」

ニコニコしながら杏菜が首を振った。

「まさかこんな展開になるとは思わなかったから。これはイイね。すごいね。全然予想してなかったぁ」

「ホントに？」

「ホントに。誰も思いつかないよぉ」

「それは言い過ぎ」

杏菜はいつもほめ過ぎなんだけど、でもすっごく素直な気持ちでネーム読んでくれるから助かる。そもそもネームの段階で読んでくれてきちんと絵柄を想像してストーリーをしっかり摑んでくれるなんていう人は貴重。友達では杏菜しかいない。

「ね、これおばさんに見せたの？」

「まだ」

「おもしろいよ？」

「全部できたらね」

うちの母は、マジだから。筋金入りのマンガ好きだし、その批評眼といったらそれはもう、きっとその辺のマンガ編集者さんが泣いて逃げ出すぐらいのものだと私は思っているんだ。

「たとえネームでもきっちり最後まで仕上げて完全武装してから見せないと、もう再起不能になるぐらいに批評の銃弾撃ち込まれてしまいには弾幕張られて立ち直れなくなるから」

「きびしいねぇ」

「きびしいのよ」

そういう意味では我が家は、っていうかお母さんがいることによって私は小さい頃からマンガ家になるためのスパルタ教育をされてきたのかもしれない。いや、マンガを読むのに厳しいことなんか何にもなかったんだけど。

「お母さんが持っているマンガを読んで、『おもしろかった！』って言ったとするでしょ？」

「うん」

「そうしたら『どこがおもしろかった？』から始まって延々と続くのよ。〈感想戦〉が」

「感想戦」

「それはもう『3月のライオン』の零くんが泣いて逃げ出すんじゃないかって思うぐらいの厳しい感想戦よ」

マンガは、ただの読者なら文字通り楽しめればそれでいい〈娯楽〉。そんなのはわかってる。感想なんかきちんと言葉にできなくたって、本当に、おもしろかった！　で終わっていいもの。

でももしも、自分でもマンガを描きたい、つまり〈表現〉をしたい、マンガ家という表現者になりたいって思って描き始めてしまったら、そこからは訓練になる。努力と根性の世界になっていく。

「コマ割りの見せ方とか台詞(せりふ)の上手さとかストーリーの展開の仕方とか、絵の表現力の凄さとか、そういうものに目を留めて話していくのよ」

「それはぁ」

杏菜が、ゆっくり頷きながら言った。

「走るフォームを映像で観ながらチェックするのと同じだね？　この人はこうやって走っているけれども後半になると背筋が伸びてしまうのがタイムを落とす原因だね、とか、分析して自分の走りの参考にするのと」

「そんなことやってるの？」

「やるよぉ。努力と根性ならこっちの十八番(おはこ)だよぉ」

そうだった。走ること大好き娘の杏菜。走っても走ってもどんどん走りたくて、自分のタイムを縮めることだけを目標としてる。そして、勝つことを、誰にも負けないことを目指している。

「でもさ」

前から訊きたかった。

「ゼッタイに勝てない相手って、いるよね」

たとえば、高校生なら、国体とかインターハイとかで一位を取るような選手がいるわけで。

「いるね」

「そういう人って、将来の目標をオリンピックとか世界陸上に置けるわけじゃない。でも、杏菜はそこまでじゃないでしょう？」

うん、って杏菜は別に怒ったりしないで笑顔で頷く。

「それが現実だね。私がどんなに頑張ってもインターハイで一位にはなれないと思う」

「それでも、努力と根性で練習する」

「する」

「それを言語化すると？」

うーん、って杏菜が唸った。唸って少し天井を見上げるようにして考えてる。

「たとえば、陸上で、タイムに1秒の差があるってことはとんでもなく差があるってことなんだけど、わかるよね？」

「わかるね」

百メートル走で1秒も差がついてしまったら、それは本当にとんでもない差なんだ。

「でも、その差を0・01秒縮めることはできるかもしれない。そしたら差は1秒じゃなくなって０・99秒になるでしょ？　つまりね、あのね」

「縮められる可能性があるうちは、あきらめることなんかできないってことだね？」

「うん」

杏菜が頷いた。

「あきらめる必要なんかないんだよ」

「そうだよね」

それは、わかる。

あきらめる必要なんかどこにもない。どんなに差があったとしても、目標が遠くても、近づける可能性があるうちはゼッタイにあきらめない。

「まぁ、本当に才能ある人がうらやましくなることはたくさんあるけどね」

「そうだねぇ」

才能は、残酷だと思う。どんなに努力しても追いつかないものがそこにあるんだ。

日曜日の午後。

今日は杏菜の部活もお休みの日。うちに来て、お昼ご飯を一緒に食べて、部屋で二人でのんびりしてずっと夜まで過ごす貴重な時間。

杏菜の家は自動車の整備工場をやってて、日曜日でも完全なお休みってそんなにないんだ。だから、常に車を整備するいろんな音がしていて、のんびりできないって。

「私もね、あおい」

「なに？」

「前から訊きたかったんだけど、その才能」

「どの才能」

「お祖母ちゃん譲(ゆず)りの、スーの才能」

「スーね」

私と杏菜の間の隠語だ。

スー。

つまり、掏摸のこと。

「お祖母ちゃんは、どうしてスーなんかになって、その世界で有名人になったの？」

お祖母ちゃんはもう死んじゃっていない。そして、私や杏菜が知っているのは一人暮らしをしていて、いつもニコニコして優しくて、お料理やお掃除とか暮らしの智慧(ちえ)をいろいろ教えてくれる普通のお祖母ちゃんだった。

でも、〈昭和最後の平場師〉と言われるほどの掏摸の名人だった。

「そもそもスーの名人ってね。見つかっちゃったら捕まっちゃうよね。犯罪なんだから。どうしてそんなふうに有名っていうか、名人だって言われるようになったんだろうねっていうのが」

「訊いてなかったから」


「そういえば、そんな話はしてなかったね」

うん、って杏菜が頷いた。

「訊いてなかった。訊きたかったけど、いつかあおいがマンガに描くのかなぁって思って待ってたから」

「そうなの！　それはいつか描こうと思ってるんだ。実はね？」

「うん」

「今回、お巡りさんのことを描こうと思ったのも、そこへの伏線なんだよ」

「伏線」

そう。

「お祖母ちゃんのことを描きたいけど、でもその前にお巡りさんのことを描くことによって、よりお祖母ちゃんの話をリアルに描けると思ったんだよね」

なぁるほどぉ、って杏菜が感心した。

「掏摸にお巡りさんは付きものだもんね」

「そういうことも、ある」

「じゃあ、やっぱりまだ訊かない方がいいか」

「そんなこともないけどね」

確かに、お祖母ちゃん、菅野みつは犯罪者だった。だって、掏摸なんだから。

「でもね、最初はね、生きるためだったんだよ。お祖母ちゃん、戦争でひとりぼっちになっちゃって誰も頼る人がいなかったから」

「戦災孤児だったんだ」

「そう、それ」

本当に一人きりだったんだ。

「そしてね、これは掏摸とは関係ないけど、お母さんのお父さん、つまりお祖父ちゃんも孤児で、お母さんが生まれてすぐに死んじゃったんだって」

だから私とお母さんには親戚がいない。もちろんお父さんの方にはたくさんいるけどね。杏菜が悲しそうな顔をした。

「それは前にも何となく聞いたけど、悲しい話だよね。戦争ってイヤだよね」

「イヤだよね」

戦争のことはお祖母ちゃんから何度も何度も聞いた。だから私はきっとかなり詳しい。いつかそういうこともマンガには描きたいって思ってるんだ。

「それでね、戦後の闇市とかで、いろいろかっぱらって生活してたって」

「かっぱらう」

「盗むのね。だって九歳の子供が一人きりで生きていかなきゃならなかったんだもん。そして、そんなことをしているうちに自分の才能に気づいたんだって」

「才能」

「お金を持ってる人と、持っていない人がわかるようになったって」

ううむ、って杏菜が唸った。

「そこがスゴイよね。どうしてわかるんだろう」

「気配だよね」

「気配だね。あおいも気配がわかるんだもんね」

「そこを、受け継いだみたいなんだよね。遺伝で」

お母さんもそう。気配にはすごく敏感に反応する。冗談に聞こえるだろうしそれこそマンガみたいだけど、私とお母さんは気配で会話できる。

滅多にやらないしやりたくもないんだけど、たとえば二人で大きなスーパーにお買い物に行ってちょっとはぐれちゃって「あれどこ行った?」って姿が見えなくなったとき。

「電話するまでもないときってあるじゃない」

「あるね」

「そういうときに、気配を捜すの。お母さんの」

そうしたら、お母さんは私のそれに気づいて気配を大きくさせる。すると私もその気配で「あぁ、あの辺にいるんだ」ってわかる。

「便利だよねぇ」

「そういうときはね」

つまり、お祖母ちゃんは、お金をたくさん持っている人の気配がわかる。もちろん、私も。

「どういう雰囲気なの？」

「わかりやすく言うと、大きい」

「大きい」

「単純にお金持ちって心に余裕があるんだろうね。だから、気配も大きいの。でもね」

「うん」

「お金を持っていなくても気配が大きい人もいるんだよ。どうして大きいのかは人それぞれなんだけど、だからその辺は経験とか見た目とかそういうもので判断するんだって」

なるほどぉ、って杏菜が頷く。

「あれだよね、スターとか芸能人って遠くから見ただけでオーラを放ってるものね。すぐわかるものね。そういうものだよねきっと」

「たぶんね」

お祖母ちゃんはそれから掏摸の訓練をした。

「師匠がいたんだよ」

「お師匠さん」

「そう、大昔ね、明治の頃に活躍した掏摸の大親分がいるんだって。Wikiに載ってるよ。〈仕立屋銀次〉」

仕立屋銀次、って杏菜が呟きながらすぐさまiPhoneで検索した。

「あ、出てきた。本当だぁ、すごいね、二百五十人も子分がいたって。え、掏摸の集団ってそんなに儲かるの？」

「わかんないけどそういう時代だったんじゃない？　お祖母ちゃんはね、その〈仕立屋銀次〉のライバルみたいな人が師匠になってくれたんだって」

「ライバル」

「書いてあるでしょ？　〈仕立屋銀次〉は汽車の中で掏摸をする〈箱師〉だって」

うん、って頷いた。

「汽車って今でいう電車のことね。その中でしか仕事をしない掏摸を〈箱師〉って言うの。たいていはチームで仕事をするのね」

「なるほど」

「そして、電車の中じゃなくて人混みとかで仕事をする掏摸を〈平場師〉って呼ぶの。こっちもチームを組む場合もあるけど、お祖母ちゃんに言わせると『一人でやらない〈平場師〉はただの臆病者』なんだって」

掏摸は現行犯逮捕。チームを組むと、掏った財布をすぐ仲間に手渡せば、その人は捕まっても財布を持っていないんだから現行犯にはならない。

お祖母ちゃんの才能は凄かったんだ。どんな人の懐からも、カバンからも、狙った財布を抜くことができたって。実際に私で試してもらったこともあるけれど、本当にどうやったかまるでわからなかった。鍵が掛かっているトランクからだって抜き取ったこともあるって。

「でも、あおいもできるんでしょ？」

「状況さえ整えばね」

私は言いたい。カバンやバッグの口はゼッタイに開けておいてはいけないって。そして皆本当にトートバッグばっかり持っているけど、口が開きっぱなしのバッグをどうして使うのかって。

「バッグの口が閉まってさえいれば普通の掏摸なんか手を出せないんだからさ」

「そうだねぇ」

天才的な掏摸は、どんなカバンやバッグからでも掏ることはできるけれど。

「私やお祖母ちゃんみたいな人はそうはいないって」

杏菜が頷いた。

「それはわかったけれど、どうして〈昭和最後の平場師〉なんて言われるようになったのかは」

「あ、そうか」

忘れてた。それはね。

「お祖母ちゃんは確かに若い頃は掏摸をやって生活費を稼いでいたんだけど、子供ができた後、掏摸の世界から足を洗わせてくれたお巡りさんがいたんだよ」

ポン！　って杏菜が手を叩いて音を立てた。

「それで！　お巡りさん！　伏線！」

そうなの。

「お祖母ちゃんの人生には恩人と言える男の人が二人いたんだ」

一人は、私のお母さんをお祖母ちゃんに授(さず)けてくれたお祖父ちゃん。

もう一人は、お祖母ちゃんのことをずっと見ていたお巡りさん。

八　宇田巡　巡査

「なるほどな」

行成が頷いた。

「〈箱師〉っていうのは映画とかで聞いたことあったけど、〈平場師〉っていうのは初めて知ったよ」

「まぁ、一般的にはもう死語に近いだろうからね」

「警察の間ではまだそうやって言うのか？」

「お歳を召した人たちはね。そもそも〈プロの掏摸〉っていう概念は今はほとんどなくっているんだ」

「そうなのか？」

「犯罪としてはもちろんあるけれど、それは単なる〈窃盗集団〉であって、昔のようなものではないよ」

その昔は、掏摸というものを警察官も〈技術〉として認めていた時代があったって聞かされている。

「今は、単なる〈犯行手段〉だよね」

「犯罪を助長するような感覚は排除せよってことだよな」

「そういうこと」

だけど、〈凄い技術〉を持っていた掏摸をまるで仲間内のような感覚で扱っていた時代もあった。

「それは知ってるな。明治の頃だろう。官憲が掏摸を手下のように扱ったって。江戸の岡っ引きみたいな感覚だよな」

「そうだね。たぶん、そうなんじゃないかな」

蛇(じゃ)の道は蛇(へび)だ。

「あれだろう？　刑事ドラマでさ、刑事があやしい連中を内通者みたいな感じで使うことは今もあるんだろう？　ハトだったか？」

「情報提供者だね。それはまぁ、公(おおやけ)にいますとは言えない」

「言えないってことはいるってことだな。ところで何でハトって言うんだ？」

「別に警察全体で使っている隠語じゃないよ。何かの小説や映画で使ったのが広まっているんじゃないかな。海外のハンターが囮(おとり)で使う模型がハトだったからって聞いたことがあるけどね」

なるほど、模型か、って行成が言う。

「で？　この町にはそういう凄腕で、警察にも協力したことのある〈平場師〉がいるってのか」

内緒の話だ。

「誰にも言わないでよ」

「もちろんだ」

この話を他人にするのは、行成が初めてだ。

「祖父の話なんだ」

「祖父？」

「お祖父ちゃんだね」

「そりゃわかる」

「お祖父ちゃんは、宇田源一郎（げんいちろう）は警察官だったんだ」

行成の眼が丸くなった。

「確か、お父さんは機械メーカーの営業だったよな。お母さんは専業主婦」

「そう」

「お祖父さんが、警察官か。そういや祖父さん祖母さんの話は聞いたことがなかったが、今もご健在なのか？」

元気ではないけれども。

「生きてるよ。お祖母ちゃんはもう死んじゃったけれど、お祖父ちゃんは施設に入っている。認知症が進んでしまって、僕のこともわからなくなっちゃったけどね」

「そうなのか」

残念だな、って行成が言う。

「まぁ、どこの家庭にでも起こり得る現実だ」

「うん」

認知症が進んではいるんだけど、身体は元気なんだ。

「八十五歳だけど、食欲もあるし、かといって乱暴したり徘徊したりっていうことはないんだ。大人しくて、いつもニコニコして皆と話している、施設でも人気のお祖父ちゃんなんだ」

「それはいいな。警察官として過ごされたんだ。身体も頑強なんじゃないのか」

「そうなんだ。身長も一八五もあったんだよ」

「それは、デカイな。お前の身長は遺伝か」

たぶんそうだ。父さんも一八〇を超えているから。

「僕が、小さい頃から警察官になろうと思っていたわけじゃなかったたって話はしたよね」

「聞いたな。小学校の卒業文集には〈バスケットボールの選手になる〉って書いたんだろ？」

そうそう。今でもバスケットボールは好きだけど。

「高校生のときなんだ。二年生の夏休みに、僕は指名手配の犯人を見つけたんだよ」

「指名手配犯？」

行成が眼を丸くさせた。

「それは何か、お前は指名手配の犯人の顔を覚えていたとかなのか」

「違うんだ」

「じゃあ、何だ」

思わず苦笑いしてしまう。

「今まで誰にも言ってなかったのはね」

「うん」

「恥ずかしいんだ。それこそマンガみたいな話だから」

大丈夫だ、って行成が頷く。

「俺はマンガが大好きだ。しかも坊主だ。世の中にありえないような話なんざ山ほど聞いているし、見てきてもいる。心配するな」

「そうだね。実は、僕はカンがいいみたいなんだ」

「カン？」

「カン。ヤマカンとか第六感のカン」

ふむ、って感じで行成が僕を見る。煙草を吸いたくなったので、一本取って火を点けた。

「そのカンってのは、いつも働くのか」

「いつでも自由にカンを働かせられるんならいいんだけど、そうでもないんだ。然るべきときにしか働かない。そのときは、お祖父ちゃんと一緒に市民プールにいたんだよ」

「またのどかな話だな」

お祖父ちゃんは警察を退職してからは、地域のボランティアに精を出していた。

「市民プールの監視員もね、ボランティアでやっていた。お前も付き合えって言われてヒマだったから一緒に行っていた」

「じゃあそこで指名手配犯を見つけたってことなのか」

「そういうこと」

あの感覚は今でも覚えている。

「その人は子供連れだったんだ。優しい普通のお父さんって感じで怪しいとかそういう雰囲気はまったくなかった。実際、お祖父ちゃんもわからなかった。でも、感じてしまったんだよね。その人と眼が合ったときに」

「何を感じたんだ」

「冷たい感覚」

「冷たい？」

そうとしか言い様がない、感覚。

「見た瞬間にね、僕の眼の奥からじわっと冷たい空気が頭の中に広がっていくような感覚。そのときもそうやってお祖父ちゃんに説明したんだ。今訊かれてもそう表現はするけれど、本当は何か違う。でもそうとしか言い様のない感覚」

あの男は、おかしい。

「そう思ったんだ」

「自分にしかわからない感覚を人に説明するのは難しいよな。俺もあるぞ、そういうのは」

「あるの？」

ある、って行成が頷いた。

「葬式でな、お経を上げた後にお説教をするだろう」

「するね」

「そのときには、参列者をぐるりと見回す。するとな、たまに『あぁこいつは何か喜んでやがるな』って感じるときがあるんだ」

「へぇ」

それはおもしろい。

「毎回ってわけじゃないよね」

「毎度毎度あったら人間不信になる。まぁ十回に一回ぐらいか。別にそいつがにやついているわけじゃないぞ？」

「だろうね」

「顔は神妙にしていたり、ときには涙を拭いていたりするんだけど、腹のうちが読めるんどな」

だよな。まぁこちらとしては葬式が終わった後にどう揉めようと関係ないんでいいんだけど。

関係ないってことはないだろう。

「檀家さんにもしも相談されたらどうするんだよ」

「坊主は法律家じゃないからな。そこはただ話を聞いてお決まりの言葉を言うだけだ。『人生いろいろです』ってな。それはいいとして、つまり、そういう感覚だろう?」

たぶん、そうだと思う。

「それで、お祖父さんに言ったのか。あいつは怪しいって」

「言った。とにかくそんなふうに感じたのは初めてだったからね」

お祖父ちゃんは、笑ったりしなかった。

「携帯で写真を撮れるか、って僕に言ってね」

「撮ったのか」

撮った。

「バレないように細心の注意を払って盗み撮りして、それをプリントアウトしてお祖父ちゃんが昔の仲間のところに持っていったんだ」

うーん、って行成が唸る。

「それが、指名手配犯だったのか」

「そういうこと」

顔を変えていた。もちろん名前も何もかも変えて別人になりすまして、家庭を作っていたんだ。

「後味の悪いことになっちゃったけどね。結果として僕はその家庭を壊してしまったんだから」

「それは気に病むことじゃないだろう。自業自得だ。確かに奥さんと子供は気の毒だけどな」

「それで、お祖父ちゃんに言われたんだよ。二人きりで話をしたいって」

お祖父ちゃんは、随分昔から僕のそのカンの良さに気づいていたって。

「気づいていたのか」

頷いた。

「僕自身はまったく気づいていなかったけど、会話の端々に僕のカンのよさを感じていたんだって。それは、警察官としてのよき資質だから、もしも僕が興味を持ったのならその道に進めってアドバイスしようって思っていたって」

「なるほど」

「それで、お祖父ちゃんがどうしてそういう感覚に気づいたかってことなんだけどね」

「うん」

「昔、僕と同じようなカンの鋭い人と長いこと付き合ったことがあって、わかるんだってさ。そういう感覚を持った人のことが」

「それが〈昭和最後の平場師〉と呼ばれた女掏摸って話か」

「そう。名前は〈菅野みつ〉」

「ちょっと待て」

行成が右の手を広げて僕に向けた。

「お前さっき、この町に伝説的な掏摸がいたっていう話がある、って言ったよな」

「言ったね」

「お前がこの町に配属されたってのは、偶然なんだよな。何かとんでもない裏があるとかいう話じゃないだろうな」

笑ってしまった。それは、考え過ぎだ。

「本当に偶然なんだと思うよ。僕も驚いたというか、配属先を聞かされて思い出したからね。小学生の時に住んでいた場所でもあるけど、そういえば〈坂見町〉ってあの掏摸の、って」

「そんな偶然もあるのか」

「ある、としか言えないかな」

現実に僕はここにこうしているんだから。

「まぁそもそも彼女が活動していたのは東京だから、電車で四十分のここに住んでいたっていうのは全然不思議じゃないしね」

唇を曲げて、行成が頷く。

「すると、話を戻すとこうだ。お祖父さんの宇田源一郎さんは、現役の警察官の頃に天才的な掏摸の技術を持っていた〈平場師〉の〈菅野みつ〉と知り合いだった」

「現役の頃どころか、小さい頃から知っていたんだって」

「小さい頃から？」

本当に大昔の話になってしまう。

「戦後すぐの話だよ。終戦当時、お祖父ちゃんは十四、五歳だったんだって。それで、自分より年下の子供たちが戦災孤児になってしまって街に溢れていたのを知っていた」

「その中に〈菅野みつ〉がいたのか」

「そう。詳しく話すとものすごく長くなるんだ。実際、そのときに一晩中お祖父ちゃんは話していたからね。もう何十年にも及ぶ自分の半生記を、僕もよく覚えていないから割愛するけど、要するにいろいろあってお祖父ちゃんは〈菅野みつ〉と関わって、彼女が掏摸の道に入ってしまったのも知っていた」

「そして長じてお祖父さんは警察官にか。じゃあ、何とかして掏摸になってしまった彼女をカタギに戻そうとしたって話になるんだな」

「そういうこと」

その間には、本当にドラマチックなことがたくさんあったらしい。

「結婚も考えたって話していたよ」

「ロマンスだな。だが、警察官と掏摸じゃあ、いくらその当時でも難しかったろう」

「だったってさ。で、彼女が結婚した相手とも、お祖父ちゃんは知り合いだった」

うん、って行成は頷いた。

「あれだな。立場や背景はまるで違うけど、夏目漱石の『それから』みたいな感じだってことだな」

「いやそれはさすがに違うだろうけど、まぁ、パターンとしてはそうだね。女一人に男二人。いろいろなことはあったらしい」

むーん、と唸って、行成が少し何かを考えるように下を向いてから、また顔を上げて僕を見た。

「人に歴史あり、だな」

「そういうことだね」

「平凡な人生なんてどこにもない、って誰かが言っていたが、俺もそう思うぞ」

「同感だね」

どんな人の人生だって、いろんなことがある。起こっている。それが積み重なっている。

　行成が息を吐いた。

「それで、その〈菅野みつ〉さんはもう故人になっているのか？」

「たぶん。お祖父ちゃんがそう言っていただけで、確かめてはいないんだけど」

「確かめてはいないけど、〈菅野みつ〉さんには子供がいたんだな。そしてその孫だっているかもしれない」

　その通りだ。

「祖母の技術が、腕が、才能が子供や孫に受け継がれていても何の不思議もないな」

「そう思うよ」

　だから、素直に納得したんだ。

　行成が、にやりと笑った。

「楢島あおいちゃんの祖母が、〈菅野みつ〉だとしたなら、実に素直に話が繋がっていくわけだな」

「繋がってしまうね」

　あおいちゃんは、お祖母ちゃんの〈菅野みつ〉さんから天才的な掏摸の技術を伝授された。そして、それを日常的に使っている。

九　大村行成　副住職

坊主はそれなりに忙しい。

基本、俺たちの毎日は修行だ。朝の境内をきれいに掃くことも本堂の廊下の雑巾掛けも、一般の人にはお焼香セットと言っている焼香盆を掃除するのも香炉灰を整えるのも何もかもが、修行。

というのは建前で、実際は俺は仕事だと思っている。ま、あくまでも個人の感想だが、お給料を貰っている以上は仕事だ。

そう、手を合わせ読経するのもお仕事だ。故人に安らかに眠ってほしいという皆さんの気持ちを全部受け止めて、葬儀というイベントを最終的に全部纏め上げ終わらせていくアンカーみたいな感じだ。皆さんの気持ちがもっとも大事なんだ。

ただ、日頃檀家の皆さんがやってきて、寺の講堂を使っていろいろな相談事やイベントをやるのに付き合うのは仕事とは思っていない。

そこの宗派や環境によっていろいろであることは間違いないけれど、我が〈東楽観寺〉

の講堂、つまりお寺の本堂の横にある座敷は檀家の皆さんが集まって何かをやるのにお貸ししている。お金を取りますよ、とは言わないが、皆さんが勝手に決めてくれる〈使用料〉を払えば、近所に迷惑なものでない限り何をやっても構わない。

いろいろやっている。お習字も日舞もお華もお茶もあるし、絵手紙とか押し花とかもある。そう、基本的には静かなものばかりだ。

さすがにカラオケはないいんだが、個人的には、いつか本堂を使ってライブをやりたいと思っているんだ。それこそ、泰造を呼んでライブをやらせてもいいいって思ってる。まぁ音量的に近所の皆さんの理解は必要になるけれど、うちの寺の周りにそれほど民家はないので大丈夫なんじゃないかって。

この部分は、仕事とは思っていないんだ。

でも、これこそが、将来この〈東楽観寺〉の住職となっていく俺の使命なんじゃないかと考えているんだ。

お寺は、その地域でもっとも安全で心安らかにいられるコミュニティスペースであるべきで、それこそが存在意義である、と、今現在副住職である俺は思っている。

宗派とか仏の教えなんていうのは、なくなってもいいとまで思う。いや、必要ないって言ってるんじゃないいんだ。それは空気のようにそこに漂っているだけでいいんだ。表に出てくる必要はないいってね。

仏様に手を合わせて祈る、というのは、宗教というのを通り越して日本人の原風景みたいなものとして根付いていると思うんだ。それこそ幼稚園の子供だってヤクザだって手を合わせる。もう決して、日本人の心から消えることはない。そこに宗派の教義などというもので意味付けする必要はない、と、俺は思っているんだ。

「考えてみてほしいですね」

「何を、ですかぁ?」

鈴元杏菜ちゃんが、キリッとした眼をぱちぱちとさせた。

「もしも、学校帰りの子供たちが、皆お寺に集まってきて境内で自由に遊んだり、本堂で本を読んだり勉強したりしていたら、誰もが安心するでしょう?」

杏菜ちゃんはちょっと考えてから、大きく頷いて微笑んだ。ショートカットの髪の毛が揺れる。

「安心しますね。ここで遊んでいるなら、大丈夫だって。お寺で悪いことをする人なんていないだろうから」

うん、いい子だ。

人の言うことに簡単に相づちを打ったりしない。きちんと自分で考えて、判断してから言葉を発している。

「俺は、それこそがお寺の存在意義だと思っているんですよ。これからの時代にこそ必要な」

「これからの時代、ですか」

「そうです。失われた何かを取り戻すために」

「何が、失われたんですか？」

「うん」

杏菜ちゃんは、本当に脚がスラリと長い。こうやってジャージ姿で本堂前の階段に座っているだけでそれがわかる。陸上部で短距離をやっているって話だけど、さぞかし走る姿は美しいだろうと思う。

まるでチーターのように。

「正確には、わからないんだ」

「わからないんですかぁ？」

また眼をぱちくりとさせる。俺の半分ノリで話す言葉にもいちいち真面目に反応してくれるのがうれしいね。この子は、素直なんだろうな。

まぁどうも喋り方にクセがあるって言うか下手くそな声優みたいな感じなのはちょっと考えものだと思うんだが。どうにも顔と言葉遣いにギャップがありすぎる。

「これは、住職、つまり俺の親父の話なんですけどね」

「はい」

「俺の親父が子供の頃は、ようやく電話が一般家庭に普及したような時代だったそうです。わかりますか？」

「電話が」

「家に固定電話、家電あるね？」

「あります」

「それのことですよ。それが、まだない時代の話は聞いたことがあるかい？　あたりまえだけど携帯もないよ」

杏菜ちゃんが、こくん、と頷く。

「おばあちゃんに聞いたことがあるし、『トトロ』で見ましたぁ。あのくるくる回す電話ですよねぇ」

「まぁ、そう。そんな感じですよ」

さすがに『トトロ』の時代はもうちょっと前で、時代を遡り過ぎているけどまぁいい。基本的には同じだ。

「今の時代に生きる俺たちには考えられないけれど、電話がないってことは、遠くにいる人と連絡を取る手段は〈手紙〉しかないってことです。そうですよね？」

「電報は」

「それもあるけれど、電報は基本、緊急の用事にしか使っていない。もう家を出て大学生や社会人になっているような兄弟はいるかな？」

「いません。私は一人っ子です」

「じゃあ、遠くの町にいる親しい親戚は？」

います、ってちょっとうれしそうに頷いた。

「従妹（いとこ）が広島にいます」

「その従妹のところに電話がないとしよう。『会いたいな』と思ってもそう簡単には会えないし、話せもしない。『元気かな、何をしてるかな、何か困ったりしていないかな』と思っても、それはもうどうしようもないんだ。手紙を書いて『私は元気です。あなたは元気ですか？』ってやるしかない。つまり、それは、相手を信頼して毎日を過ごすってことになるんだ」

「信頼、ですか」

「そうだ。仮にその従妹が君だとしましょうか。想像がつかないだろうけど、要するに君が広島に住んで、お父さんお母さんと離れて暮らしているとする。お父さんお母さんは心配だ。しかし、連絡は手紙でしかできない。電話は君の部屋にない。だから、ご両親は君を信頼するしかないんだ」

あの子は、大丈夫だ。きっと元気でやっている。

「そう思って、そう信じて、毎日を過ごすんですよ」

俺は今、女子高生に朝っぱらから坊主の説教をしているという自覚はもちろん、ある。けれども、これこそ俺の仕事でもあるんだ。

「理解できるかな？」

杏菜ちゃんが、口元を引き締めた。そして、その形のいい瞳でじっと俺を見て、ゆっくり頷いた。

「つまり、副住職さんの」

「行成でいいよ」

「行成さんの言いたいことというのは、今の世の中は便利過ぎて、昔の人に比べてみると心や精神が弱い傾向にあるんじゃないか、ということですね？」

「その通り！」

素晴らしい。

まさかこれだけでそういう理解を示してくれるとは思わなかった。この鈴元杏菜ちゃんは見た目以上に頭がよい子なのかもしれない。

「そして、ですねぇ」

「うん」

「それは、もう取り返せないものなのかもしれないんだけどぉ、少しでも心や精神を強くするために、鍛えるために、このお寺という存在を生かしたいと、考えているってことなんですね？」

思わず拍手をしたくなった。拍手を通り越して抱きしめたくなった。しかしいくら坊主でもそこまでやってしまっては拙い。

「そうなんですよ杏菜ちゃん」

今の俺たちが住む社会は、安心とか安全とかそういうものに囚われている。安心も安全も素晴らしいことだ。むしろそういう時代になっていることは喜ぶべきことかもしれないが、その代わりに失われたものも多過ぎるような気がしている。

「自由にする。自由にさせてあげる。それと引き換えに不安や心配も大きくなるけれども、少なくともこのお寺という場所にいることでそれを小さくすることができる。そういうふうにお寺の存在を感じてほしいんですよ」

うん！　と、杏菜ちゃんも大きく頷く。

「じゃあ、もっともっと、私たちにはお寺を利用というか、遊びに来てほしいってことですよねぇ？」

「その通りです」

杏菜ちゃんが立ち上がったので、俺もそうした。まだ朝の境内の掃除の途中だ。そして、杏菜ちゃんは朝のランニングの途中だ。

「あの、行成さん」

立ち上がって、ポンポン、とお尻を軽くはらった杏菜ちゃんが言う。

「はい」

「また、お話しさせてもらっていいんですよね？」

「もちろんですよ。お友達も一緒でもいいですよ」

「あおいですね⁉」

「そうそう、あおいちゃんでしたね」

むしろ俺はあおいちゃんと話をしたい。いや、杏菜ちゃんがこうやって話しかけてくれるのももちろん歓迎だし、決して変な下心なんかではなく。

謎の能力を持っているかもしれない楢島あおいちゃん。

「それじゃ！」

「はい、行ってらっしゃい」

杏菜ちゃんが境内を走っていく。もちろん境内は静かに歩きなさい、なんてヤボは言わない。朝の六時過ぎの境内には誰もいない。部活のために早朝のランニングなんて、めちゃくちゃ熱心で真面目ないい子じゃないか。

走っているのは知ってはいたけれど、この間、あおいちゃんが巡の写真を撮ってから声を掛けてくれるようになった。

「いいフォームだ」

あっという間に姿が見えなくなった。

確か、〈鈴元整備〉だったよな。小さな車の整備工場の娘さん。近くを通ったことは何度もあるが、檀家でもないし車の整備をお願いしたこともない。

あんなに可愛い娘さんがいると、お父さんはいろいろと心配だろうな。まぁそれはあおいちゃんもそうなんだけど。

「さて」

掃除の続きだ。あと一時間もしたら巡も起きて朝ご飯を食べにやってくる頃だろう。

あれから、楢島あおいちゃんは何度か交番にやってきて、巡の写真を撮っていった。さんざん撮ったのでさすがにもう撮るポーズもないのかここのところは顔を出していないらしいが、通学路でもあるんだから毎朝顔は見ていると巡は言っている。

あれを確かめないのか、って話はしているんだ。

あれ、とは、〈昭和最後の平場師〉であった〈菅野みつ〉は、あおいちゃんの祖母ではないのかって話だ。

巡の祖父である宇田源一郎の愛した女ではなかったのか、という疑問。そして、あおいちゃんは菅野みつの天才的な掏摸の技を受け継いで、何かいろいろとやっているのではないかと。

しかし、それはプライベートなことだ。巡が警察官として職務で訊けるような事態には今のところなっていないから、訊けない。だったら、普通の男と女として、つまりただの宇田巡と楢島あおいとして会って、お祖父さんお祖母さんの思い出を語り合うという場を設けてはどうかと思ったんだが、それも拙いということになっている。

何せ、警察官と女子高生だ。

デートするわけにもいかない。そんなことをして誰かに見咎められてSNSなんかに流された日には、何が起こっても不思議じゃない。

「杏菜ちゃんか」

うん。

その点、俺はお坊さんだ。お坊さんが女子高生と境内で親しげに話していても誰も咎めたりしない。むしろ、若いのに信心深くて偉い娘さんだ、と評判になるかもしれない。

そのお坊さんと仲のいい女子高生の友達と、お坊さんの友達の警察官と、四人が揃って境内で親しく話していたとしたら。

まったく問題ないだろう。

そういうところから、始めてみるのがいいんじゃないかと思ってるんだがな。

十　鈴元杏菜(すずもとあんな)　女子高生

空気がほっぺたの脇を擦り抜けていく。

自分でその速度を調整する。風が強い日ならそれは難しくなるけど、今日みたいにほとんど無風の日なら簡単。

自分が今、どれぐらいの速度で走っているかを肌で感じて、調整する。それは、走ることが好きな陸上部の子なら簡単にできること。

でも、今日は、ちょっとあれだ。

めっちゃ、跳んでる。

あんまりよくないフォームで走ってる。それは、もううれしくてうれしくてアドレナリンが出まくって身体中を巡っているから。

キャー！　ってぴょんぴょん跳ねたいぐらい。

（たくさん、たくさん）

お話しできた。

副住職さん。

大村行成さん。二十五歳。八つ年上。境内を走るようになって見かけてからずっと気になっていたお坊さん。いつも優しく微笑んでくれる副住職さん。小学校も中学校も同じだってことはこの間ようやくわかった。カノジョはいないってこともわかった。他のことはまだわからない。

あおいが、うたのお巡りさんから聞き出したんだ。それなりに上手く訊いたからどうしてそんなことを知りたいのかは、つまりわたしのためだってことは、バレてないってことだけど。

あおいが言うんだから、間違いない。

あおいが自分でよく言うセリフ。

『私はテストで間違ったとしても、普段の生活では間違えない』

それは、お祖母ちゃんから教えてもらった、掏摸として生きるための心構え。

いや、もちろんあおいに掏摸として生きるつもりなんかないけど、それは毎日をきちんと人様に迷惑を掛けないように、つまり、犯罪者であることがバレないように生きるための方法論で、結局、毎日をちゃんとしっかり生活していくんだっていうとってもいい心構えの話。

おかしいってわかってるけどね。

犯罪がバレないようにちゃんと生きるって思っているんだったら、最初っから掏摸なんかするなっていう話で、ぐるっと廻っていい話みたいにするなってことだけど。

でも、あおいもわたしも、みつお祖母ちゃんが大好きだったから。

掏摸はもうとっくの昔に引退して、しっかりのんびり、ちゃんと生きてきたお祖母ちゃんのことが。

（行成さん）

そう呼んでいいよって言われちゃった。

だから、明日も会えたら、いや会うつもりだけど、雨さえ降っていなかったら境内を走って通り抜けよう。そうしたら、「行成さん」って声を掛けよう。

あ、ダメだ。

自分がニヤニヤしてるのがわかる。

笑いながら走っていたら何か変な人だ。

でも考えてしまう。

カノジョがいないってことは、わたしにもまだチャンスがあるってことだよね。八つ違うけど、それぐらいはなんでもないよね。

もしもわたしが二十歳になったら、行成さんは二十八歳。

（全然オッケー！）

ちょうどいいぐらい！　何がちょうどいいのかはわかんないけど、きっといい！

（問題は）

行成さんとお付き合いしたら、それは将来はお寺のお嫁さんってことに直結して、わたしはあの〈東楽観寺〉に住まなきゃならなくなって、お葬式やそういうことのお手伝いをしなきゃならないんだろうけど。

（そんなのも全然オッケー！）

小さい頃から走ることが大好きだったって、お母さんもお父さんも言っていた。でも、二人は全然スポーツなんかには興味がなくて、どうしてわたしが足がとても速い女の子になっちゃったのかは全然わからないって。

二人ともヤンキーっていう種類の若者だったからね。今はヤンキーなんて言葉、あんまり使わないけど意味はもちろんわかる。

二人とも、違う意味で走るのは好きだった。単車でね。オートバイで。高校なんかほとんど行かないで、わたしができちゃったから結婚。だから、二人ともまだ全然若い。お父さんなんか童顔だから、全然貫禄（かんろく）がない。

貫禄がないから、いろいろと工場にいたずらされたりするのか、それともヤンキーはヤンキーを呼ぶのか。

（まぁそれはいいんだけど）

二人とも、わたしのことをすごく大事にしてくれる。一人娘だからって目に入れても痛くないってお父さんはわたしに直接言う。

でも、わたしがやりたいことは一切邪魔しないって言ってくれている。カレシができたらすぐに紹介しろって。ろくでもない奴だったら殴(なぐ)るけど、そうじゃないちゃんとした男だったら、わたしが好きなら全力で味方するって。

（男気だよね）

だから、もしも行成さんがわたしのカレシになっても、お父さんもお母さんもゼッタイに反対なんかしない。むしろお坊さんなんて、そんな立派な人がいいのかって思っちゃうかも。

家が見えてきた。

お父さんとお母さんが二人で、誰の力も借りないで二人っきりで作った夢の家。

〈鈴元整備〉。

でも、最近、不景気なんだよね。お父さんもお母さんもそういう話はわたしの前ではゼッタイにしないようにはしてるらしいんだけど、聞こえてくるんだよ。

知ってるんだよお父さん。

最近、飲みに行く回数が多いのも。

お母さんが文句を言ってるのも。

わたしには本当にいいお父さんとお母さんで、一生懸命働いていて、節約して、どこにも遊びになんか行かないでたまにわたしと三人でカラオケ行って思いっきり歌ってストレス発散させるぐらいなのに。

ときどき、本当にときどきだけど、お父さん爆発するんだよね。

飲みに行って、散財しちゃうんだよね。

どこに行ってるのかわからないけど、若い女の子のいるところなんだろうか。そんな話もチラッと聞いたことあるんだけど。

(困ったもんだ)

男の人は、皆そうなんだろうか。お酒を飲みに行って若い女の子、っていうかわたしも若い女の子だし。

知ってる。同級生だった女の子の中に、学校を中退しちゃってそういうバーとか飲み屋で働いている子がいるっていうのも。

それは、まぁ、人それぞれだしわたしなんかにはどうしようもできないことだし。考えてもしょうがないんだけど、お父さんがそういう子と酔っぱらって話をしたり騒いだりイヤらしい気持ちになったりするっていうのはかなり、イヤだ。

イヤって言うか、キモい。

でも、そういうのはわたしにはどうしようもできないからなぁ。工場にたくさん修理の車やバイクが来てくれて、忙しくてたくさんお金が入ってきてくれればいいんだけど。

世の中はそんなに甘くないしなぁ。

十一　市川公太（こうた）　経営者

「バカヤロウかお前は！」

怒鳴（どな）るさ。

「あのな、素人（しろうと）さんを困らせてどうすんだよバーカ！」

電話口に向かって、怒鳴る。でもちょっとだけ怒りのトーンを抑えてやる。

「いいか？　俺たちが相手をしているのは誰だ？　普通の人だよ。庶民の皆さんだよ。サラリーマンの皆さんだよ。そういう皆さんが一生懸命働いて稼いだお金で楽しくお酒を飲んで、オネエチャンと楽しくお話をして、楽しく帰っていただくのが商売だろうが？　違うか？　そうだろう？」

そうなんだよ。

「お金は、きちんといただく。いただくためには気持ちよく帰っていただく。わかったか？　じゃあそうしろ」

電話を切る。

「まったくよぉ！」

仕事のできねぇバカは困る。駐車場の入口で電話してたんだけど、すぐ後ろを急いで通り抜けるカップルがいた。

いけねぇ、怖がらせちまったか。

いかんいかん。ただでさえな、こういうわかりやすいチャラい格好してるんだからさ。せめて笑顔にならないとな。

笑顔でニッコリしてれば俺は確かに濃い顔だけど、ブサイクじゃねぇんだからさ。むしろ濃い目のイケメンつっても通用するんだからさ。ヤクザじゃねぇんだ。カタギの商売だ。水商売だろうとなんだろうと、真面目に商売をしてるんだ。ヤバい連中とは付き合わねぇようにしてるし、ヤバくなったら素直にお金で解決する。

それもこれも、この濃い顔での笑顔ありきだよな。ヤバい皆さんだって揉めたくはないんだよ。

そして、俺みたいな顔をしてる奴と揉めると面倒だって思ってるんだよ。そういう奴が下手(したて)に出て金で解決しようとしてるんだから、それに乗っかるのが利口ってもんなんだよ。

おふくろに感謝だよな。こんな濃いイケメンに産んでくれてさ。親父には感謝しねぇな。親父に似ちまった泰造はかわいそうだけどな。せっかくのミュージシャンなのにイケメンじゃなくてむしろブサイクキャラでさ。

「ま、それもいいってもんさ」

ミュージシャンなんてのが全員イケメンだったら飽きるだろうしな。あいつにはぜひともどんどん有名になって稼いでもらってさ。俺もおこぼれを貰えるぐらいになってもらわないとね。

（あの泰造くんのお兄さんですか！　ってな）

期待してねぇけどさ。

まるっきりな。

期待できるわけねぇだろ。

人間ってな、生まれたときから将来なんて決まっちまってる。生まれてくるところを、親なんか選べねぇからな。

小金は稼げたとしても、大金持ちになんかなれっこねぇんだ。伯父さんを見てりゃわかるだろ市川の人間がどんだけ努力したってあの程度だって。

たかが何店舗かのスーパーだよ。しかも値下げ競争の毎日でヒーヒー言ってるんだよ。いつ潰れるかわかんねぇのを必死こいてやってるんだよ。

「イヤだね」

俺はイヤだよ。

毎日野菜のツラ眺めてそれに値段を貼って「はい奥さん安いよ安いよ！」ってさ。ガラガラ声張り上げてさ。

そんなん、変わらねぇじゃん。

「はいどうおにいさん、カワイイ子揃ってるよ！」

ってさ。変わんないだろ？　おんなじじゃん。おんなじなら不格好な野菜を眺めているよりカワイイ女の子を眺めている方がいいじゃん。

そういう子を探してきてスカウトしてお店で働かせた方がいいじゃん。楽しいじゃんなぁ。

「さて」

ちょっと店に行って集金してくるか。おねぇちゃんたちはカワイイけれど、頭の悪い奴ばっかりだからな。ちょっとでもレジの金が貯まってくるとヘンな気を起こしちゃうからな。これでも大変なんだよ。ひとつの店を任されてるってのもさ。

金の心配はしょっちゅうだ。

「お疲れ様です」

「おう」

ガールズバーだよ。ちっぽけなところだけどさ。オレが任されているところだよ。任されているっても、ヤバいところにはヒモは繋がってないぜ。その辺はオレは臆病者だからさ。手が後ろに回るようなことになりたくないからさ。

今のこの店は三軒目、あ、四軒目か？

長くやってても三ヶ月か四ヶ月だ。それぐらいやってある程度稼いだら、っていうか勢いが落ちたらすぐに閉める。

閉めて、すぐに別の店をやる。前の店は居酒屋だったぜ。その前はパスタの店。スタッフは信用できる連中二、三人は残して、後は全部入れ替える。まぁ居酒屋のバイトはやってもガールズバーで働く女の子ってのはそうそういないからな。

でも、そうやって全取っ換えするから、ヤバいもんも全部置いていけるんだぜ？　ちょっとぐらい危ないことをしても全部うやむやになっちまう。

才覚あんだろ？

新しい店を次々に開いていく。開いては閉める。そうすることで、ヒモはつかないんだ。おっかない連中だってヒマじゃないんだからさ、そんなちっぽけな商売やってる連中を追っかけたってシノギの割に手間暇ばっかりかかるってんで、放っておかれるのさ。

頭いいだろ？　その隙に稼いだらすぐに消えるのさ。そして次の店を出す。田舎町の盛り場には空き店舗はいくらでもあるんだ。この町は東京にも近いし人もそれなりに多いからな。

「そういえば店長」

「おう」

「さっき、めっちゃカワイイ女の子が店を見学に来ましたよ」

「カワイイ子？」

三谷（みたに）は、もう三年も一緒にやってる男だ。働ける人間を見抜く眼はあるんだよな。

「面接するって？」

「いや、それが」

「なんだよ」

「ただ見たかっただけって帰っちゃいました」

「ふーん」

冷やかしか。案外真面目な、こういうのにまるっきり免疫（めんえき）のない女子大生とかかもな。

「たまにいるんだよな。冒険したいとかさ」

「そっすね」

「まぁ今度来たら逃がすなよ。レジ半分持ってくぞ。今夜のうちに利息払いしなきゃやべぇとこあんだ」

「了解っす」

金を財布に入れる。二十万ぽっちだけど、まぁオレたち底辺で稼ぐ人間にしちゃあ、大金だ。この大金から二万、三万と小金の利息払いしておかないと、店を閉めて開くときに運転資金を貸してもらえない金融どころがあちこちにあるんだよな。

そういう融通（ゆうずう）の利く小金持ち闇金紛（まが）いをいくつも知っているのもオレの強みさ。そういうところは、オレたちみたいなちゃんと金を返す弱者には優しいんだ。

煙草を吹かしながら、夜の町を歩く。

夜の町は、賑（にぎ）やかだ。こんなちっぽけな町だって夜に賑わう繁華街（はんかがい）はある。

オレは好きなんだよ。こういう雰囲気が。こういう町をフラフラしてる自分がさ。てめぇの家にはまったく近寄らないが、夜の町には毎日いるぜ。

あ、そうだ。

缶コーヒー買って持っていかないとな。あのごうつくババァ、利息返すときに缶コーヒー持っていかないとイヤミ言うんだよな。

自販機の前で、チェーンを引っ張って財布を尻ポケットから出したときだ。

なんか、変だ、って思った。

「あぁ!?」

ない。

いや、あ？

「なんだ⁉」

どうして、札がない。

財布の中にたんまりあったはずの、札がない？　返すはずの金が、ない？

血の気が引いた。

「落としたぁ⁉」

振り返った。夜の道。まだ時間は八時半だ。たくさん人が歩いている。中年のおっさんも若者も男も女も、ざわざわと騒ぎながら歩いている。細い道だから車はあんまし入ってこない。

そんなはずねぇ。

財布の中から札だけ落とすはずねぇ。

なのに、財布の中に札がねぇ。

「あぁ⁉」

声が出ちまった。

なんだ、どうなってんだ。

背中の方で、音がした。

自転車のブレーキの音だ。

「どうしました？」

「あぁ？」

振り返った。

驚いた。

お巡り。

お巡りだ。

あぁ〈東楽観寺前交番〉のお巡りだ。カワイイ顔してる、やたら背の高いお巡り。そいつが白い交番の自転車に跨がったまま、ひょいと帽子を上げてオレを見ている。

パトロールの最中か。

こいつ、宇田だったよな。

小学校、一緒だったよな。

「何でもねぇよ」

オレのことなんか覚えてねぇだろ。

十二　宇田巡　巡査

人は見かけによらない、と言うけれど、それは本当だ。

本当って言うよりは、そもそも人間なんかいろんな面を持っていてあたりまえなんだ。人を殺した男が平気で近所の猫を保護して可愛がっていたりとか、自分の家族には厳しいのに他人にはとても親切だったり。強面なのにとても優しいとか、好青年に見えるのにとんでもなく狂暴な奴とか。

いろいろだ。

明らかに夜の商売をやっているという雰囲気を顔にも髪形にも漂わせて、ファッションにもそれが如実に表れているこの男性も案外可愛いところがあるのかもしれない。

その証拠に、僕を見たその瞳に恥ずかしいという感情が表れていたのがわかったからだ。何が起こったのかわからないけれど、明らかに恥ずかしがっている。

一概には言えないかもしれないけど、恥というものを知っている人は決して根っからの悪人じゃない。悪党かもしれないけど。

「財布、どうかしたんですか」

職務質問じゃない。確かに叩けば埃の出そうな人ではあるけれど、そんなにひどく怪しい雰囲気は漂わせてはいない。

自販機の前で財布の中を見て驚いた瞬間を目撃してしまった。

でも、それも、大したことじゃない。

たとえば小銭があったはずなのになかったとか、あるはずと思っていたお金がなかったとか。そんなことはよくあることだ。多少驚き方が大袈裟だったからって警察官が声を掛ける事案でもない。これが子供だったり女性だったりしたら声を掛けたかもしれないけど、こういう格好をした男ならあえて放っておく。偏見とか差別とかじゃなくて、余計な摩擦を生み出さないための方策だ。

それなのに声を掛けたのは、ほんの数十秒前に、こんな時間のこんな場所なのに楢島あおいちゃんの後ろ姿を見かけたような気がしたからだ。制服じゃなかったけど、あの長い髪の毛とスタイルはたぶんそうだと思った。だから、すぐに自転車を漕いで追いかけたんだけど結局あおいちゃんの姿は確認できなかった。その影すらなかった。

その代わりに、さっきの光景を見たんだ。

財布の中身を見て驚く男。

あおいちゃん、そして、財布、と来て連想してしまったんだ。

もしも彼の財布の中身がなくなってしまっていたとしたら。

お祖父ちゃんから聞いていた〈昭和最後の平場師菅野みつ〉は、財布の中身をまったく気づかれずに抜き取る技術も持っていたそうだ。もしも、あおいちゃんが菅野みつのお孫さんか何かで、その技術を継承していたとしたら。

「どうもしねぇよ。いや、しないよ」

男が言う。まだ財布を手に持っている。黒くてごつい革財布だ。そして、明らかに動揺している。挙動不審とまではいかないけれど、何となく辺りを見回している様子がわかる。

「なんか用か。お巡りさん」

そこで初めて僕の顔を真正面から見た。ふてぶてしい表情。身長は僕よりは低い。中肉中背という表現が当てはまる身体つき。特に喧嘩が強そうでもないし、むしろ腰は引けている。いや、いつでも動き出せるようにしている。

でも、その顔にどこか見覚えがあった。

「用は特にないんですが、どこかで会ったことありましたよね？」

男が唇を歪めた。一瞬足元を見て、それから顔を上げてまた僕を見た。

「覚えてたのか」

「覚えてた？」

「宇田だろ、オマエ」

「そうですが」

「同級生だよ。小学校の」

そうだったのか。

「オマエ、全然顔が変わってねぇんだな。なんだよその童顔は気持ちワリイな」

冗談めかしているけど、あんまり効果的じゃない。そんなに僕に好意を持っているわけじゃなさそうだ。

そうか、それで恥ずかしそうな表情を見せたのか。僕が同級生でしかも交番の警察官ってことを彼は知っていたんだ。

「出てこなくて申し訳ないけど、名前、なんだっけ?」

言い辛そうな顔をする。名前を知られてマズイことでもあるのか。

「市川だよ。あの頃は皆にコータって呼ばれてたよな」

「コータ！」

思い出した。

二つの意味合いで。

市川美春さんの旦那さんだ。そして、行成も言っていた。高校の同級生だって。それなら行成とは小中高と一緒じゃないか。顔も知らないって言っていたのは、たまたま同じクラスになったことがなかったってことか。

　でも、僕とは同じクラスだった。確か小学校三年生のときだ。

　足で道路を蹴って、自転車を近づけた。そうだ、確かにコータだ。あの頃の面影はまだある。

「僕のことは知ってたの？」

　コータが、また唇を歪めた。僕と話すのが嫌なのか、それとも癖なのか。

「まぁ、な」

　ちょっとだけ、笑みを見せた。

「オレはな、夜の商売をやってるんだよ」

　それはもう見ただけでわかる。

「そういうのやってっとさ、新しくやってきた交番のお巡りさんのことなんかはすぐに知れ渡るのさ。別にヤバいことしてなくたって、いろんな意味でな」

「まぁ、そうだろうね」

　盛り場には顔を出す。もちろん、制服のままで。あまり知られていないけれど、交番詰めの巡査のルーティンワークではあるんだ。市民の憩いの場である盛り場が安全で健全であるためにパトロールは欠かせない。

　そして、それぞれの店にだってできるだけ赴任してすぐに顔を出す。何かあったら必ず連絡をくださいと。コータにどこでどんな店をやってるのかを訊いたら、まだ回ったことのないガールズバーだった。

「今度来いよ、とは言わないけどよ」

頷いておいた。一応、回っておこう。

「ところで、本当に大丈夫？　財布を見て随分驚いていたけど」

コータは思い出したように自分が持っている財布を見て、それから頭を掻いた。

「しょうがねぇな。まぁお巡りさんだもんな。黙っててくれるだろうし、見つかったら教えてくれるだろう」

「何のこと？」

財布をこっちに広げて見せた。

「この通り、札が一枚もねぇんだ」

「ないね」

「ほんの何分か前までは一万円札が二十枚入っていたんだ。それが、消えてる」

「消えた？」

「嘘じゃねぇし、ちゃんとオレが商売で稼いだ金だぜ」

「落としたんじゃなくて？」

コータが眼を少し大きくさせた。

「どうやったら財布を落とさないで中の札だけを落とせるってンだ」

「それは、そうだね」

コータが顰め面をする。

「けど、それしか思いつかないから、念のために今から歩いたところを全部捜すからよ」

「手伝おうか?」

「いや」

右の手の平を僕に向かって広げた。

「お巡りさんと一緒にいたら何をしたかって思われちまうからいい。とりあえず、覚えておいてくれよ。万一、落とし物で二十万っていう大金が交番に届いたらオレんだからな。嘘じゃないからな」

「わかったよ」

「あ、でもよそういうのはどうやって証明するんだ?」

それは難しい問題だ。でも、今のコータは嘘をついているとは思えない。

「お金は銀行から下ろしたんだったら、通帳に記載されるよね」

「いや、店のレジから持ってきたんだ」

「レジの精算は毎日きちんと帳簿に付けている?」

「もちろんんだ。真っ当な商売やってんだぜ」

「お金を持ちだすときに誰かいた？」

おう、って言いながらコータは頷いた。

「店の奴にちゃんと『持っていくぞ』って言ってきたよ。支払いの金なんだよ」

なるほど、それなら。

「状況からすると、仮に二十万円が交番に届いたとして、拾った場所がお店からここまでの道順にあるんだったら僕らとしては調書を作ってからコータに渡すことは可能だと思うよ」

その辺は交番勤務の警察官の裁量に任せてもらえる部分だ。もしも後でトラブルになったら確実に失態として怒られるけれども。

「頼むぜ」

じゃな、ってそのまま下を向いてコータはゆっくり歩き始めた。たぶん、背中に冷や汗をかいている。僕の手前平静を装っていたんだろうけど、明らかに焦っていた。

当然だ。二十万なんて大金がなくなったんだ。

そして僕は頭の中にあおいちゃんの顔を思い浮かべていた。

あおいちゃんが、どういうきっかけからかはわからないけれど、コータの奥さん、市川美春さんの財布を掏り取って、交番のベンチに置いたのはたぶん間違いない。それは、育児放棄しかけていた美春さんと子供を救うためだったともう理解している。

それは、いい。

確かめてはいないけれどたぶんそうだし、それ以上は確認しなくてもいいと思っていた。善意からの行為だ。

(だとしたら)

今回のこれも、あおいちゃんなのか。

あおいちゃんはまた何かを企んだのか。もし企んだのだとしたら、コータの財布から二十万円を掏ったことで、何がどう動くのか。

(何も材料がないからわからない、な)

わからないけれども、少なくとも二十万は大金だ。そしてコータは夜の商売をやっている男だ。偏見を持っているわけじゃないけれども、少なくとも女子高生が気軽に絡んでいい問題ではないと思う。ましてや、コータは奥さんと子供を放ったらかしにしている表面的には〈ろくでなしの亭主〉だ。

コータの姿はまだ見えている。真剣に捜している。

今夜はこのまま夜勤だ。明日の朝になるまで身体は空かない。

どうしたらいいか。

(待てよ)

ひょっとしたら。

☆

「お疲れ様」

交番のドアを開けると西山さんがデスクから顔を上げて笑顔を見せてくれる。

「異常なしかい？」

「異常なしです」

訊こうと思ったけれど、西山さんの表情で何も起こっていないのがわかった。少なくとも二十万という大金の落とし物が届けられたってことはないわけだ。

だから、反射的に異常なしと答えた。確かに異常はないんだ。小学校の同級生に再会したら二十万というお金が消えたところだった、ということがあっただけ。普通ならそれも報告するけど、今はまだしない方がいいと判断した。

「さっきね」

「はい」

「副住職が来てたよ。戻ったら、空いた時間にちょっと連絡がほしいって」

「行成が？」

西山さんが頷いた。

「ちょっと行って、ついでに一服してきなさい」

「了解です。では引き続きお願いします」

うん、と、西山さんは笑顔で頷く。素直に従ったのは、夜勤のときにはもちろん休憩を取ることができるし、それに、ピンと来たからだ。

交番を出てゆっくりとお寺に向かった。急いで西山さんに変に思われても困る。お寺の横に建つ行成たちが住む庫裏(くり)のドアが開いて、行成が出てくるのがわかった。きっと窓から僕が来るのが見えたんだろう。

「お疲れ」

「うん」

行成がそのままひょいと腕を上げて歩きだした。

「お前の部屋に行こう。話がある」

「ひょっとして、二十万円か？」

行成の眼が丸くなって、それから頷いた。

「そういうことか」

台所に置いてあるテーブルでコーヒーを飲みながら、コータに会ったことや二十万円のことを話すと、行成が頷いた。

「コータ、か。そういえばそんなふうに呼ばれていたかもしれないな」

「まったく記憶にないんだろう？」

「ないいな。三年生のときはお前は一組だろ？　俺は四組だったしな」

一度でも同じクラスになれば名前ぐらいは覚えていたんだろうけどって行成は言う。高校も行成のところは八クラスあったそうだ。

同級生なんかそんなもんだと思う。全校生徒で十何人しかいないっていう田舎ならいざ知らず、僕らの小学校は五クラスあって学年全部で二百人近くいたんだ。

「それで、あおいちゃんの仕業（しわざ）なら、ひょっとしたら俺のところに二十万が来てるんじゃないか、か」

「そう思ったんだ」

交番じゃなかった。

行成のところに、二十万円があった。事務用封筒に入って賽銭箱（さいせんばこ）の上に置いてあったそうだ。

「見回りのときに見つけたんだね？」

訊いたら、行成が頷いた。

「知ってるだろうが、うちでは夜の八時と十時、そして十二時の三回境内の見回りをする」

それはここに赴任してきたときに聞かされた。お寺の境内はそれなりに広い。そして、隠れられる場所が多い。中には不信心者もいて、境内で夜中に変なことをする奴もいるし、酔っ払いが紛れ込むこともあるし、捨て猫や捨て犬も意外といる。

「その十時のときに、見つけた。もちろんその前の八時のときにはなかったし、不審な人物がうろついている気配もなかった」

その封筒はテーブルの上に置いてある。

「つまり、行成が見回ることもわかっていて、直前に置いたんだろうね」

「だろうな」

僕がコータに会ったときは八時半を回っていた。今は、十時十分だ。女子高生が出歩くには遅い時間だけど、塾に行っていたりしたならそうでもないだろう。友達の家に遊びに行ってたり、カラオケに行ってたりしたらこんな時間になっても変ではない。

「一応、手袋はしたけどな」

「そんな必要はないと思うよ」

手に取って、中身を確かめた。確かに二十万円ある。

「もしこれがあおいちゃんの仕業なら、指紋がついているなんてことはないと思う」

言ったら、行成が少し顔を顰めた。

「そこまで考えるか」

「考えるさ。犯罪行為をするのに指紋のことを考えない人間はいない。あおいちゃんがお祖母ちゃんである菅野みつさんに仕込まれたんだったら、そういうところまでしっかり教えてもらっているはず」

「まぁ、そうだな」

「問題は」

二人で同時に言ってしまった。それから顔を見合わせて頷き合った。

「あおいちゃんが、俺たちに何をさせたがっているか、だな」

行成が言うので、また頷いた。

「すっかりあおいちゃんの仕業っていう前提で話しちゃっているけどね」

「そこだ。どうする？　確かめるか？」

行成がスマホをポケットから取り出した。

「あおいちゃんの親友の杏菜ちゃんの電話番号は聞いた。ＬＩＮＥだってできるぞ」

「そこまで訊いたの？」

「もちろんだ。若くてカワイイ女の子と親しくなれる機会を逃すバカはいないだろう。杏菜ちゃんに言って俺たち四人で会う機会は作れるぞ」

「でもなぁ」

思わず溜息をついてしまった。

「あおいちゃんに『掏摸の技術を持っているね？』なんて問い詰めるのはどうかと思うんだけど」

「確かにな」

行成も顔を顰める。

「間違いなく秘密にしてるだろうしな。ましてや、前の市川美春さんの件は片づいたので未遂で不問にするとしても、これは」

封筒をポン、と叩いた。

「現段階では間違いなく犯罪だしな」

「現行犯じゃないから捕まえられないし証拠もないけどね。でも僕は警察官なんだから、これについて問い詰めるっていうのは捜査しているのと同じことになってしまう。そんなことをあの子にできるかって考えると、躊躇してしまう」

「だな。そうなるとやっぱり」

コーヒーを一口飲んで、行成が続けた。

「この二十万円をそのコータ、市川公太から掏り取った意味を俺たちが考えなきゃならんってことだ」

「間違いなく、悪戯なんかじゃない。あおいちゃんは何かしらの〈表沙汰(おもてざた)にはできない、いけないこと〉を僕たちに解決してほしくてやっているはずなんだ。自分ではどうにもできないからってことで」

「そういうことだな。また市川美春さんが育児放棄してるってことじゃあないだろうな」

「違うと思うな。そもそもあおいちゃんは美春さんとコータが夫婦ってことも知らないかもしれない」

「たまたまか」

「そういう可能性もある。そして現金を盗んだってことは、このお金にまつわることには違いない」

行成が頷いた。

「コータが何か悪いことをやってこの金を稼いでいるとかか？」

「そして、それがきっとあおいちゃんの身近な人と関係しているんだ。加えて、悪いことって言ったけど、それはきっと大袈裟な〈犯罪〉じゃない」

「どうしてそう思う」

「本物、って言い方は変だけど、犯罪だとしてその証拠を摑んだのならあおいちゃんはきちんと正面切って交番に来て言うと思うよ。僕にね。逮捕してくださいって。そうしてこないでこんな形で二十万円を届けてきたっていうのは〈犯罪じゃないけど、迷惑もしくは悲しんでいる人がいるから何とかしてほしい〉っていう程度のものだと思うんだ。そうじゃなきゃ行成までも巻き込まないよきっと。行成と僕、つまりお坊さんとお巡りさんの友人同士がちょっと動けば解決するようなことなんだ」

そうか、って行成も頷いた。

「確かにそうだな。危険な犯罪に一般市民である俺を巻き込もうなんて考えないよなあの子は」

「そう思う」

「すると、コータだな。あいつを問い詰めるのがいちばん早いんじゃないか」

確かにそうだ。でも。

「素直に言うとは思えないよね」

十三　市川公太　経営者

ない。

どこにもない。

自販機の横にあったコンクリートブロックんところに座り込んだ。煙草を取り出して火を点けた。

四往復した。そもそも店からあの自販機の前までは二分ぐらいしか歩かねぇ。たった二分だ。百メートルぐらいしかないいんじゃないか？　いやもう少しあるか？

どっちにしたってほんの少しだ。それなのに、ない。

「いや、まて」

落とすはずがないんだ。何度も考えているけど、結論はそこだ。

財布の中身を知らないうちに落とすはずがない。

そりゃあ、財布を落とすことはあるだろうよ。それは、ある。でも、財布の中身の札だけを落とすなんてことは泥酔でもしていない限り、ない。

そして俺は素面だ。一滴も飲んじゃいない。

「だとしたら」

答えはたったひとつだ。

「盗まれた」

だけど、そんなことがあるか？

「掏摸？」

掏摸はいるさ。オレは知ってるぜ。仲間内では〈ミヤケ〉って呼ばれている奴だ。本名なんか知らねぇし知りたくもない。そもそも何をやってる男かも知らない。

ただ、電車ん中や飲み屋街で掏摸をやってるってのは聞いてる。

あいつが狙うのはまず酔っ払いだ。酔っ払いしか狙わない。そもそも掏摸なんて酔っぱらっている奴からでないと成功しないだろう。

しょぼい男さ。オレもたいていの悪い奴を知ってるけど、あいつはその中でも最低の奴だ。付き合いたくもない。

しかし、盗まれたとしたらそれしか考えられない。

「普通に歩いているオレから、財布の中身だけ掏る？」

信じられない。超能力だろそんなもの。だけど、考えられるのはそれしかない。

「落ち着け」

煙草を吸って、缶コーヒーを飲んだ。そうだ、糖分を摂って頭ん中をクリアにするんだ。そして、考えるんだ。思い出すんだ。

オレの特技だ。

ちょっと前のことなら、ビデオの映像を巻き戻すみたいにして思い出すことができる。そんときは全然意識していなくても、視界に入っていたものなら思い出すことができる。なんとか記憶、って言うんだそうだ。そうやって映像で記憶できる人間はけっこういるんだってよ。遺伝かもしれないんだこれ。泰造の奴もできるからな。聞いた話じゃ親父も祖父さんもできたらしいぜ。

ま、オレは泰造みたいに何でもかんでも思い出せるわけじゃないんだけどな。

思い出す。

店を出てからだ。

頭にカメラを付けたような映像がずっと流れ出す。

いっつも見える光景だ。店を出て、階段を下りて、そうそう今の店は二階にあるんだよ。階段を下りて、あぁこの階段塗り替えた方がいいかな。ちょいと白色のペンキがはげてきたからな。

そして、右へ曲がる。通行人も何人かいる。畜生（ちくしょう）、顔までは覚えてないな。泰造は顔まで思い出せるっていうからな。それだったら便利なのに。

オレに近づいてくる奴はいない。そう、いなかったぜ。掏摸ってのは近づかなきゃできないだろ。少なくとも手が届く範囲まで来なきゃムリだろ。

オレはずっと歩いて行く。のんびりだ。急いじゃいない。狭い道路を斜めに横切ろうと思ったら向こうから車が来た。そうだタクシーだった。ライトが近かったからちょいと早足になって、向こう側の歩道にひょいと大股（おおまた）で。

そうだ。

こんときだ。

オレは、大股でひょいと跳んだんだよ。そして歩道の上に乗っかったんだよ。勢いがついていたから、歩いてきた通行人とぶつかりそうになったけど、そいつは避けたし、オレも『おっと!』なんて言いながら避けたんだ。

そうだ。

『悪いね』なんて声を掛けたんだ。若い女の子だったからだよ。ヒマだったらそのまま粉掛けて誘ったりするところだけど、もちろんしなかった。

そのまま歩いて、オレは自販機まで行ったんだ。

自販機までは誰とも擦れ違わなかった。

つまり、あの女だ。

若い女だ。

「思い出せ」

頭を抱え込んだ。必死で記憶を辿(たど)った。

髪の毛の長い女だ。かなり若い。顔は、いや、正面からは見なかった。ほんの一瞬の横顔。美人だ。いい女だ。

それは間違いない。

ジーンズだ。ジーンズにスニーカーはグレーのニューバランスだ。パーカか? 薄いグレーのパーカ。

かなり若い雰囲気。下手したら高校生か中学生だ。

その女だけだ。オレと擦れ違ったのは。

「でも」

何にも覚えていない。見てない。その女とは擦れ違っただけだ。オレは財布を尻ポケットに入れていた。抜き取られたらゼッタイ気づくし、そもそもチェーンで繋がってる。

抜き取れるはずがない。

抜き取って、中身の札だけ取って、また元に戻す。

しかもオレに気づかれないように？

「ムリ」

人間にはムリ。

もしもそんなことができたんだったら、そいつは人間じゃない。掏摸の天才とかそんなレベルじゃない。

「けど」

もしできるんなら、この女しかいない。オレの財布から二十万抜き取ったのはこの女。

「覚えた」

顔はわからない。でも、全体の雰囲気は覚えた。今度会ったらゼッタイにわかる。

「ただじゃおかねぇ」

そんなことはしたことねぇけど、どっかに売り飛ばしてやるか。いや高校生にそんなことしちゃマズイか。オレは後ろに手が回ることなんかしたくねぇしな。

「とりあえず、店でただ働きだな」

そうしよう。

そうとなったら、まずは利息を返しに行かなきゃならない。まぁもう二十万ぐらいは何とかなる。店のレジがすっからかんになるけど、それぐらいは一週間もありゃあ何とか儲けられる。

あのごうつくババァに缶コーヒー三本持ってって、あと二日待ってもらうか。そしたら、仕入れの金もできるし楽に返せるな。そうだ、理由もきちんと話そう。信じられないだろうけど、掏摸にあったかもしれないってな。

ごうつくババァだけど、話がわからないわけじゃないからなあのバアさん。

「ババァのところに行く前に、ちょっと、金づるを仕込んでおくか」

営業努力ってやつだ。

こんな不景気な世の中で、金を稼ぐってのは大変なんだ。

ガールズバーにさ、若い女の子目当てに通ってもらうためには、スケベな中年のおっさんたちのストレスを増大させなきゃさ。

仕事や古女房以外のストレスをさ。

そうして、店に来てもらうんだよ。そういう営業努力ってのは必要なんだよ。

☆

天野屋のババァ。

もちろん、通称だけどな。表向きは潰れた質屋に住んでるただの年金暮らしの婆さんなんだけど、裏で闇金やってるんだ。まぁ闇金ってても健全なもんで、どこにも繋がってはいない。婆さん一人でやってるんだけど、裏切ったらコワイって話だけは広まってる。そもそもババァ一人で闇金やってるってだけで、不気味なんだ。どんなバックがいるかわかったもんじゃない。

「ふぅん」

狭い八畳間が、仕事場。っていうか茶の間だ。そこの真ん中に置かれた卓袱台で、正座して話や金の貸し借りをしなきゃならねぇんだ。

これが苦痛なんだよな。正座なんか一分しか持たないんだからよ。何度も腰を浮かして我慢するんだ。

「本当なんだよ天野屋さん。オレはウソなんかついたことないだろ？」

缶コーヒー三本を卓袱台に置いて、全部話した。いつもの着物を着たババァを眼の前にして。

「掏摸、ねぇ」

「そうなんだ」

「財布から札だけ抜き取って気づかれない掏摸ねぇ」

ババァの顔が歪む。いや、元から皺だらけだから歪んだかどうかもわかんねぇけど、たぶん歪んだ。

「信じられないかもしれないけどさ」

「信じるよ」

え？

思わずババァの顔を見た。ババァはオレの顔を見つめて、煙草を吹かしながら頷いた。

「久しぶりに聞いたね。そんな話」

「そんな話？」

ふーっ、って煙草の煙をオレに向かって吹きかけた。

「掏摸だよ。しかも〈平場師〉のねぇ」

「ひらばし？」

なんのこった。ババァがふん、と息を吐いた。

「若いもんは知らないだろうね」

「知りませんけど、なんすかそれ」

訊いたけど、ババァはじっとオレを見て、何も言わない。

「女？」

「はい？」

「その掏摸をしたかもしれないのは、若い女だって？」

「あ、そうなんだ。たぶん、なんだけどな」

ババァが、眼を細めた。

「まぁいいさ。とりあえず利息は待ってやるよ。その代わりって言っちゃアなんだけどさ」

「なんだい」

「その若い女を見つけたら、教えておくれ」

十四　天野さくら　金貸し

朝起きてまず最初にすることは、煙草に火を点けること。

煙草を吹かして、それから指を伸ばしてポン、と煙草を叩いて灰皿に灰を落とす。

昔はね、キセルで煙草を吸ったこともあるんだよ。そうだね、紙巻き煙草をキセルに挿して、もちろん両切りのやつだよ。それで吹かしたこともあったね。今じゃあ馬鹿みたいなことだけどね。

長く生きてるね。

八十六歳になったよ。

お陰様で一人で暮らしていても何の不自由もないね。重たいものの買い物こそ配達に頼んじゃっているけれど、それ以外は何でも一人でやっているよ。煙草が身体に悪いって言ってるのはどこのどいつだい、って思うね。少なくともあたしの周りで煙草で死んだ奴はいないさね。酒で死んだのは大勢いるけれど。

酒はもう随分飲んでいないね。若い頃、と言っても三十を過ぎてからだけど、大失敗してから一切飲んでいないよ。まぁ嘗める程度はあったかもしれないけど。そうそう、あれは大好物さ。ブランデーが滲みたケーキがあるじゃないか。ああいうのは見つけると買って食べるよ。

何食ってもいいのさ。今のあたしの食事は簡単だよ。ほとんど一日二回だね。二食。朝と昼だけ。

「さて」

煙草はしっかり消すよ。灰皿はアルミの缶だよ。そこに入れて蓋をするのさ。これで絶対に火事にはならない。人生においていちばん必要なものは何かって訊かれたら、慎重さ、と、答えるね。

朝はパンだよ。

パンと缶コーヒーと牛乳とヨーグルトにソーセージに卵、そしてサラダ。

洋風だろ？　そして五分で支度ができるからいいんだ。卵はその日によって目玉焼きにしたりスクランブルエッグにしたりいろいろさ。ゆで卵はしないね。面倒臭いから。

もう何十年もこの朝飯だよ。こんなんで充分。あぁ野菜はね、パックに入ったものを出してマヨネーズをかけて食べるよ。今は便利だよね。もう千切りにされた野菜が一人分パックで食べられるんだからさ。缶コーヒーは牛乳と混ぜるんだよ。まぁカフェオレってやつかね。これも便利でいいよ。レンジでチンすりゃいいのさ。

昼は、肉だよ。

昼って言っても大体は三時ぐらいだね。おやつの時間に昼飯を食べるのさ。肉は何でもいいよ。この辺には食事できる店がたくさんあるからね。そこらを歩いて適当にお店に入って、ステーキでもハンバーグでも焼き肉でもいいね。ただし、旨い物を食べさせるところね。

年寄りほど肉を食べなきゃ駄目ってこともないだろうけど、少なくともあたしの元気の源（みなもと）は肉だね。

夜はほとんど食べないね。お菓子ぐらいかな。それこそブランデーが滲みたケーキや、そこらで買った大福や、菓子パンなんかもいいね。ちょっとお腹に入ったかな、ぐらいでいいのさ。

そういうのを食べながらテレビを観てコーヒー飲んで寝る。コーヒーもインスタントは嫌だよ。最近のインスタントは美味しいとか言うけど駄目だね。やっぱりコーヒーはちゃんと豆で淹れないと。コーヒー飲んだら寝れないなんて言うけど、あたしの場合はコーヒーを飲まないと寝れないね。

〈平場師〉ね)

久しぶりにその言葉を使ったような気がするね。

あの男、市川公太は小者さ。

どう頑張っても悪党にはなれない。

本当の悪党になっていくような男は、根が違う。会った瞬間にそう思えるような奴が、本当の悪党になっていく。格が違うっていうのかね。ただし、悪党の末路は惨めなもんだよ。どんなに力や金を手に入れたって、まともな幸せなんか手に入れられない。地獄へ落ちるのさ。そりゃあもう間違いないよ。

市川公太もさっさと見切りをつけてまともな商売をやりゃあいいのにね。小銭をいくら稼いだって小銭は小銭でしかないんだよ。まぁいくら年取っていてもそんな助言ができるような生き方してないから何も言わないけどね。

「それにしても」

財布から札だけ掏り取って、気づかれずに戻す。そんなことができた掏摸なんてあたしがここまで生きてきたうちにだって二人といやしない。市川公太の話を信じれば、の話だけどね。あいつは小悪党だけどあたしに嘘をつくほど度胸も器量もないんだから、まぁ本当のことなんだろう。

また煙草を吹かす。その煙の向こうにあの子の姿を見たような気がする。

「菅野みつ」

懐かしい名前だね。あたしより年下のくせにさっさと死んじまって何年になるのかね。もっとも死んだってのも風の噂に聞いただけだから、いつ死んだのかもはっきりとは知らないんだけど。

あの子なら、できたね。

「なんて言ってたかね」

抜取り？　違うね。

「あぁ」

〈間抜き〉だ。そうそう、間抜き。

札入れから札だけ抜き取ったり、鞄の中の書類だけ抜き取ったりね。名刺入れから名刺一枚だけ抜き取ったこともあるって言ってたね。

まるで手品か魔法のような手口だけど、どうやってやるのかを聞かされりゃあ、なるほどそんなものかって納得したんだよね。

文字通り、間を抜くんだと。

人間ってのはね、四六時中気を張ってるわけじゃないんだよ。たとえば道を歩いているときだって常に何かを見ているわけじゃない。

間が空く瞬間があるんだよ。それもしょっちゅうだとさ。意識してない、何も見てない、何も聞いていない、ただそこにいるだけの間ってのがあるんだとさ。そしてそういう

瞬間のことをまるで覚えていない。

確かに、気づいたら時間が過ぎていたってことはあるよね。ぼーっとしていたわけじゃないんだけど、街を歩いていたって、あらもうここまで来たのか、なんて思うことがね。歩きながらなんかまったく別のことを考えていて、ほとんど無自覚でそのまま歩いているだけなんだろうさ。

そういう瞬間をあいつらは、一流の掏摸は感じ取れるのさ。

一流じゃないね。超一流だね。

菅野みつは、超一流の〈平場師〉だったよ。あの子が掏り取れないものなんかなかった。もっとも嵩張るものは無理だけどね。

本物の掏摸ってのはね、人差し指の爪と中指の腹の間でしっかり挟めるものしか盗まないのさ。札ならせいぜいがピン札で五十万。それ以上は嵩張って無理が出る。だから、出回ってる札で二十万ってのは限界だったろうね。

市川公太の話を信じるなら、あいつは大股で車道から歩道に跳んだ瞬間、着地のことしか考えていなかった。着地したときには足に感じた衝撃のことしか考えていなかった。その衝撃を和(やわ)らげることに全神経が集中していたから、誰かがその瞬間に尻のポケットに入れた財布を抜き取ったって気づかない。抜き取って、札を掏り取って、戻す。

きっとその時間はほんの一秒か二秒だろうさ。

普通の人間はね、一秒か二秒なんてほんの一瞬って思っちまうだろう。違うんだね。超一流の掏摸は一秒の間には０・１秒が十回もあるって数えられるのさ。文字通り、数えられるんだよ頭の中で。つまり、二秒あったら０・１秒を二十回数えられるのさ。二十数える間に財布から札だけ抜き取るなんて簡単だろう？

そういうことさ。

そういうことができる連中がこの世にはいるんだよ。驚くこっちゃない。職人なんか皆そうだよ。鉄工所で鉄板曲げる職人だって、機械なんか使わずに自分の感覚で正確に０・１ミリの角度で曲げることができるよ。自分の勘だけで鉄の塊(かたまり)を０・１ミリだけ正確に削(けず)ることができるよ。

あたしだってね、札束を持っただけで何枚あるかわかっちまうよ。どんなにくしゃくしゃになっていたって間違えない。ピン札なんざ見ただけで何枚あるかわかるよ。

そういうことなんだよ。

今の世の中、そういうことを忘れちまっているんじゃないかね。何でもかんでも機械とコンピュータに任せちまって、その方が間違いなくて正確だって。もしもそいつらを動かす電気がなくなっちまったらどうするんだろうね。

「あぁ、違うね」

つい菅野みつの顔を思い浮かべながらそんなことを考えちまったけど、あの子はもういないんだ。

「だとしたら」

あの子の技を受け継いだ子がこの町にいるってことかね。

子供ってことかね。あの子は結婚して足を洗ったんだから、まさか自分の子供にそんな技を受け継がせるとは思えないけどねぇ。

「でも」

ああいう感覚ってのは遺伝だろうからね。

受け継がれたものってのは、放っておくと腐る場合があるから表に出してやった方がいいんだよね。そうなのかな。そんなことを思って、菅野みつは自分の子に技を受け継がせたのかもしれないね。

「まてよ」

若い女の子って市川公太は言ってたね。あの男だってまだ二十代の半ばぐらいだろう。あいつが若いって言うんだからそれぐらいかもっと若いかなんだろうね。

そうすると、孫ってことかね。

「孫かい」

そんな若い子が〈平場師〉を、掏摸をやってるとは思えない。ましてやそんな凄腕を持って仕事をやっているんだったら、このあたしの耳に入ってこないはずがない。

「だとすると」

菅野みつの技術を受け継いで、なおかつ掏摸を仕事としないで、何かをやっている。何かはわからないけど、市川公太みたいな男から金を掏り取っている。

「そうか」

わざわざ札だけを掏り取って財布は戻すなんてことをやっているんだから、市川公太以外の誰かにそれを知らせてるってことだね。現に市川公太はあたしにそれを知らせているんだ。いや、そこまでは考えないにしても、市川公太が〈札だけ掏られた！〉って騒ぐのを見越してやっているんだろ。

そういうことになるんかね。

「ふん」

ちょいと、おもしろそうだね。

探りを入れてみようか。どんなことになっているのか。

「それに」

菅野みつの子供や孫がこの町で生きて暮らしているんだったら、何かに巻き込まれているんだったら、あたしが助けてやらないとね。

「ちょうどいい、恩返しになるじゃないか」

十五　西山孝造(にしやまこうぞう)　巡査部長

「こりゃあ、珍しい」

誰かが交番の前の通りで立ち止まりこちらを窺っている気配を感じて、デスクから顔を上げて、驚いた。思わず立ち上がってしまった。

「さくらさんじゃないですか」

天野さくらさん。

通称〈天野屋の婆さん〉。

その本名と通称とのギャップが激しいのだが。

「まだここにいたんだね、坊や」

さくらさんが、にやり、と笑ってゆっくりと動き、交番の中へと入ってきた。

「いや、坊やは勘弁してください」

宇田くんがパトロールに出ていて助かった。私が〈坊や〉と呼ばれたことにきっと眼を丸くして、後から根掘り葉掘り訊かれたに違いない。しかし、事実さくらさんからしてみれば私などただの坊やなのだ。

「お元気そうで何よりです」

パイプ椅子を開いて、さくらさんに勧める。

「ありがとね。少し太ったんじゃないのかい。前に会ったのはいつだった？」

「ええと」

確か、もうかなり前だ。

「七年ほども前でしたか。あの、雉下という男の強盗事件の際に」

あぁあれね、と、さくらさんが頷く。

もう八十はとうに過ぎたはずの老女だけど、まだ眼にもその姿にも生命力を感じる。何よりも、和服で椅子に座るその姿がしゃんとしていて美しい。老いてなお盛ん、という気概さえ感じるのだ。

「お茶でも飲みますか」

訊くと、薄く笑った。

「よしとくれよ。ただ交番に立ち寄っただけの婆さんに茶を出すほどサービスがよくなったってのかい」

「いや、お茶ぐらいは昔も今も出しますよ。ただしティーバッグの安いのですけど」

「そうかい。じゃあ、せっかくだから呼ばれようかね」

「待っててください」

裏の台所にはポットがあって、常にお湯は保温状態になっている。まぁ交番に馴染みの人というのはあまりいないだろうから知られていないけど、何か事情のある人にカップラーメンぐらいは食べさせることだって裁量の範囲でできる。

ましてやこの人は、〈天野屋の婆さん〉は、そう呼ばれることをいちばん嫌うので絶対に言わないしそういう態度で接することもないが、貴重な〈情報源〉だ。それも誰か特定の警察関係の人間と繋がりがあるわけじゃない。この町の、〈情報源〉なのだ。

私も前任の白旗（しらはた）さんからそう聞かされた。もしも将来私がこの派出所から異動することがあったら、宇田くんに教えて引き継がなきゃならない。そのときまでさくらさんが生きておられたらの話だが。

彼女は、この町でもう半世紀以上も、裏道を歩いている。そして、生き続けている。自分から積極的に関わることはないが、この町である程度の非合法的なことをしようとする人間はほとんどの場合、この人に顔見せをする。挨拶をする。そうすることによって何か資金が必要なときには何の条件もなしに借りることができるからだ。

そう、闇で金貸しをしている。

決して警察が見逃していいものではないが、さくらさんの場合は別だ。法外な利息を取るでもなく、言ってみればただ知人に一定期間金を貸して返してもらうだけのこと。貸した見返りをさくらさんが望むことはない。決して親しく交わらない。

不思議な存在の老女なのだが、警察にしてみれば貴重な情報源なのだ。彼女の情報のお陰で解決した事件は数知れない。

それでいて、さくらさんのことを排除しようとする動きも勢力もない。その後ろに計り知れない力があるという噂もあるが、そこのところは私たちのような下っ端の人間が首を突っ込むなと言われている。

「それで」

お茶を淹れた湯飲みをデスクの上に置く。

「今日は、どうしました。まさか私がまだ勤めていることを確かめに来たわけじゃないでしょう」

そう言うと、湯飲みを取り、一口飲んだ。

「迷惑だったかい」

「そんなことはないですけど」

「あたしの立場が悪くなるってかい？　犬っころと仲よくしてるって」

苦笑いする。今時私たちのことを犬っころなどとは、暴力団だって言わない。さくらさんは、にこりと笑って、袂(たもと)から煙草を取り出した。

禁煙です、とは言えないから、台所から灰皿を持ってきた。一応、何でも用意はしてある。

「ちょっとね、訊きたいことがあったのさ」

「私にですか」

「危ない話じゃないからそんなに構えなくていいよ。迷惑は掛けない」

そう願う。

「坊やも、この町にいた〈菅野みつ〉の名前ぐらいは知っているだろう？」

菅野みつ。

これまた、懐かしい名前だ。

「まだここに来る前ですが、新人の頃に先輩に聞かされましたね」

「そうだろう？」

にこりと笑って、煙草を吹かす。禁煙して十三年になるので、煙を吸ってももう吸いたいとは思わない。ただ、人間の記憶とはおかしなもので、かつて何十年も吸ってきた煙草の煙を嫌いにはなれない。

「伝説の〈平場師〉の〈菅野みつ〉ですよね？」

〈平場師〉とは、掏摸のことだ。もうそんな言葉も使わなくなって久しいけれども。彼女はまるで魔法のような掏摸の腕を持っていたと言う。

さくらさんは、少しばかり眼を細めて私を見た。

「そう、あの〈菅野みつ〉さ。それで、犯罪者じゃなくてね、一市民としての〈菅野みつ〉の記録はここにあるのかい」

市民としての。

「もちろん、ありますよ」

「じゃあ、あの子がもう死んじまったのも知ってるんだね？　残った家族の情報もあるんだろう？」

最終的に何を訊きたいのかはまだわからないが、まぁそれぐらいは教えてもいい情報だろう。

「間違いなく記録していますね。あえてそういう観点で確かめたことはありませんけど、ちゃんとあるはずです」

ふん、と、煙を吐きながらさくらさんは頷く。

「個人情報保護法とやらで、今はうるさいんだろう。いくらあたしと坊やの仲だって、〈菅野みつ〉の家族の名前は教えてもらえないだろうね」

家族の情報か。

思わず少し顔を顰めてしまった。

「その情報で、あなたが何をするか、によるのですが」

「もちろん悪さをしようってんじゃないよ。だったら訊きに来ないさ。むしろ、いいことをしようってんだ」

「いいこと？」

さくらさんが、私を見つめてゆっくり頷く。

この老女は善人ではない。

かといって、悪人でもない。はっきりとした前科があるわけでもないのだ。表向きには彼女は税金も納め、そして年金も受けとるしごく真っ当な一市民だ。いくら裏道に精通しているとはいえ、偏った穿った見方をしてはいけない。

「そのいいことの内容は教えていただけるんですか？」

「それは、それこそ個人情報だよ。善行をするのにいちいち警察に報告しなきゃならない義務はないだろう」

「確かにありませんね」

　さくらさんは、ゆっくりと頷く。

「まぁこれぐらいは教えておくよ。坊やは知らないあたしとみつの歴史ってもんがあるのさ。あたしはね、菅野みつに借りがあったんだよ」

「借りですか」

「もっとも、あの子はそんなふうには思っていなかっただろうけどね。あたしが一方的にそう思っていた」

　なるほど。互いに裏道を歩いていた二人なのだろう。そういう繋がりがあったとしても、何ら驚きもない。ましてやこの人は戦後のあの時代を生き抜いてきた人なのだ。

「あの子が生きているうちには返せなかったんだよ。そんなことをしたら余計なことをって怒られただろうからね。そうしたらね、坊や」

「はい」

「ひょんなことから、あたしはある情報を手に入れたんだよ」

「情報ですか」

　こくり、と、さくらさんが頷く。

「菅野みつの家族らしき女の子が、何かしら危ないことに巻き込まれてるかもしれないってね」

危ないこと。

「それは、どんなことですか。それこそ我々が出張る事案ではないのですか」

一般市民の安全を守ることこそ、私たち交番勤務の警察官の仕事だ。

「今のところ、どんな危ないものなのか何もわからないのさ。そもそも菅野みつの家族かどうかも本当のところはわからない。だから、それを確かめたくて、調べたくて、ここに来たのさ。あんたなら素直に教えてくれるんじゃないかと思ってね。この老体に鞭打ってあちこち歩き回らなくて済む」

「なるほど」

さくらさんの眼を見た。見つめたところで私よりはるかに年上で、海千山千のこの人の腹の内など見透かせるわけはないのだけど、少なくとも一般市民に迷惑を掛けるようなことはしないだろう。

それは、確信できる。そういうことはしない人だ。

「いいでしょう。でもさくらさん」

「なんだい」

「調べてみて、もしも私たち警察が出た方がいいような事案であれば、真っ先に連絡してくれますね？」

さくらさんが、にやりと笑う。

「もちろんだよ、坊や」

「只今戻りました」

あぁ。

思わず頭を抱えてしまいそうになった。このタイミングで帰ってきたのか宇田くん。そして確実に今さくらさんが私のことを〈坊や〉と呼んだのを聞いてしまったね。

さくらさんが顔を横に向けて、そして上げ、宇田くんを見る。

「おや、新しいお巡りさんだね」

にっこりと笑った。やはり若くてイイ男には多少違う笑顔を見せるのか。宇田くんも、こんにちは、と笑顔を見せる。そして（こちらは？）という表情で私を見る。

ここは、素直に言っておこう。どのみち引き継がなきゃならないんだから、多少時期が早くたって問題ないだろう。

「宇田巡査。こちらは〈天野さくら〉さんだ」

「天野さん」

それは誰でしょう？　という表情を宇田くんはする。普段はもう意識はしないけど、こうやって改めて顔を見ると本当に童顔だ。まだ中学生といっても通用するぐらいに。

「坊やは紹介しづらいだろうから、自分で言うよ」

さくらさんがにやりと笑って言う。

「宇田さん、と言うのかい」

「はい、そうです」

「あたしはね、〈天神通り〉の裏側で〈天野屋〉っていう質屋をやっていたもんだよ」

「〈天野屋〉さん」

あぁ、という顔を見せた。

「知っていたかい？」

訊くと、頷いた。

「以前に」

どこかで小耳に挟んだのかもしれない。それならそれでいい。さくらさんも頷いた。

「まだもう少し生きているだろうから、あんたの世話になることもあるかもしれないからよろしくね」

「こちらこそ、よろしくお願いします」

頭の切れる青年だ。詳細は知らなくても私の態度で何となく察したんだろう。詳しいことは後回しにしてもいい。

「それで、さくらさん。〈菅野みつ〉さんの家族ですがね」

「あぁ、そうそう。そっちを聞かせておくれ」

壁際の棚から台帳を取り出す。デスクの上に置いて、大体この辺だったろうと当たりをつけてページを開く。何事かと宇田くんも覗き込んできた。

「あった。えーとですね。メモは取れませんので覚えてくださいね」

「わかったよ。まだボケちゃいないから安心しな」

「娘さんが一人いまして、楢島悦子さんという方ですね」

「ならしまえつこ？　木偏の楢にアイランドの島だね？　えつこは悦ぶ子かい？」

「そうです。その通りです。ご結婚なさっていて、旦那さんの名前は楢島明彦さん、娘さんが一人いまして、あおいさんですね。つまり」

「菅野みつの孫だね」

「そういうことです。残念ながら詳細な住所は教えられませんが、夕陽公園の近くにお住まいですね」

　さくらさんがゆっくりと頷き、そして立ち上がった。

「それで充分さね。悪かったね手間を取らせて」

「いいえ」

　歩きかけて、振り返って宇田くんを見た。

「宇田巡査、だったね」

「あ、はい」

　じっ、と、また見つめる。その視線に宇田くんがちょっと首を傾げた。

「何か？」

「あたしの古い知り合いに、やっぱり宇田っていう名字のお巡りさんがいたんだけどね。まさか親戚とかじゃあないだろうね」

宇田くんが、ちょっと頭を動かした。

「それは、宇田源一郎という警察官でしょうか」

さくらさんが首を傾げる。

「下の名前までは覚えてないねぇ。でも、そんなような名前だったかもしれない。あんたと同じで背の高い、そして目元の優しいお巡りさんだったよ。何となく似ているよあんたは」

「だったら、それは僕の祖父かもしれません」

「祖父？」

「祖父？」

私とさくらさんが同時に声を上げてしまった。宇田くんが、大きく頷いた。

「小さい頃からよく目元が祖父に似てると言われていました。だから、そうかもしれませんね」

「お祖父さんも警察官だったのかい？」

それは知らなかったので、思わず訊いてしまった。

「そうなんです。警察官でした」

「おや、まぁ」

さくらさんが、可笑（おか）しそうに笑った。

「そりゃあ、とんだご縁なのかもしれないねぇ。家に帰ったら下の名前を確認しておくよ」

「何か、確認できるものがあるんですか？」

宇田くんが訊いた。

「大昔にね、その宇田というお巡りさんから貰った手紙があったはずさ。もしもそうだったら本当にご縁があることになる。連絡するから、邪険にしないでおくれ」

そう言って、さくらさんは交番を出ていった。宇田くんに向かって手を軽く振りながら。

十六　宇田巡　巡査

背筋の伸びたお婆さんだな、と思いながらその背中を見送って、振り返って西山さんの顔を見たら、思いっきり顰(しか)め面をしていた。

「なんか、拙(まず)かったですか？」

訊いたら、首を横に振った。

「いや、拙いことなどないけれど」

「けれど？」

「〈坊や〉って呼ばれていたことは内緒にしてほしい」

思わず笑ってしまった。確かにそう呼ばれていたのは聞いたけど、そんなに変にも思っていなかったのに。

「誰にも言いません」

「頼む」

勤務中に二人で無駄話はしてはいけない。少しぐらいなら全然問題ないけれど、交番の扉は基本的に開けてある。雨の日や風の強い日、それに寒くなってきたら閉めるけれど、市民の皆さんが訪れやすいように開けておくのは基本なんだ。

だから、そこで警察官がぐだぐだと話しているのを見られたり聞かれたりするのは拙いんだ。それで、二人でデスクに向かって書類整理をしながら話すのが基本になる。

「どこであの〈天野屋の婆さん〉の話を聞いた？」

西山さんが言う。

「〈西新〉の新さんですね」

あぁ、と、西山さんは頷いた。

「あいつなら知っているね。じゃあ、詳しいことも聞いたのかい？」

「いえ、昔は質屋をやっていて、今は何をやってるのかわからないし怪しげな男たちが出入りもしているけど、元気な婆さんだと。それぐらいですね」

「そうなんだ。実は裏で金貸しをやっている」

金貸しか。その辺かなって思っていたけれど。

「これはまぁいわゆる秘匿事情だ」

「〈カンペン〉ですね」

「そうだ。〈カンペン〉だ」

うちの署だけ、というか交番勤務の警察官の間で使う隠語。どうしてそんな言い方をするのかはわからないけど、決して上には上げないその地域だけの特殊な事情。裏の話のことをそう言うんだ。

どうして上げないかと言うと、面倒な話になるだけだからだ。その地域だけで解決できるものなら、極力そうする。下手に上に上げると自分にとばっちりが来るから。

そういうものが警察官の、ひいては各都道府県の署の繋がりを断ち切り閉鎖的なものにしてしまうんだ、とは思うけれども、こればっかりは致し方ないところもあるんだ。

「それで、〈天野屋の婆さん〉こと、天野さくらさんは、貴重な情報源だ。何か裏絡みの事件があって事情がわからないことがあれば、あの人に訊いてみると結び目がほどけることがよくあるんだよ」

「〈情報屋〉なんですか」

「いや」

西山さんが横を向いて僕を見た。

「その呼び方は絶対にしないようにね。さくらさんが嫌がってへそを曲げるから」

「わかりました」

「まぁ知っての通り、この界隈（かいわい）では滅多にそんな七面倒臭い事件はないから、宇田くんが話を聞きに行くことはないかもしれない。私も以前に行ったのは七年も前だからね」

「そうなんですか」

気になっていた。

「そのさくらさんが、どうして楢島さんの家族のことを？」

西山さんも、うん、って頷いた後に首を捻った。

「よくわからないんだけどね。楢島さん、そういえばあおいちゃんはあれから顔を見せないね」

「そうですね。もう写真は充分なんじゃないでしょうか」

「かもしれないね。それで、宇田くんは聞いたことあるかな。この町に住んでいた伝説の掏摸のことを」

ちょっとびっくりしたけど、顔には出さないでただ頷いた。

「知っています。〈菅野みつ〉ですね」

「そうそう。菅野みつ。若いのによく知ってるね。そしてどうやら、まぁ考えてみればあたりまえなんだけど、さくらさんもよく知っていたそうなんだ」

なるほど、って思う。確かにあのお婆さんが裏道を歩いてきた人なら、菅野みつさんと知り合いでもおかしくない。

「それで、菅野みつの身内に、つまり家族に何らかの災い（わざわ）が降り掛かるかもしれないって情報を得た。生きているうちに受けた菅野みつへの恩を返したいからってね」

繋がってしまった。

やっぱりそうだったのか。

「じゃあ、〈菅野みつ〉の子供が楢島さんなんですか？」

「正確には、楢島悦子さんが娘さんで、あおいちゃんは孫だね。もっとも、あれだよ？家族だからって〈菅野みつ〉が、伝説的な掏摸だったたってことを知ってるとは限らないからね。情報の扱いは慎重にね」

「もちろんです」

あおいちゃんは、やっぱりそうだった。

だとすると、天野さくらさんが得た〈家族に何らかの災いが降り掛かるかもしれない〉っていう情報は、あの二十万に関することじゃないのか。

十七　天野さくら　金貸し

まさかねぇ。

まさかねぇ。そんなことってあるもんなんだねぇ。

あの宇田さんのお孫さんが警察官になっていた。それはまぁあるだろうさ。警察官だったお祖父ちゃんに憧(あこが)れて、孫が警察官になったなんて話はひょっとしたらあちこちにあるんだろう。いい話じゃないか。

でも、そのお祖父ちゃんに縁の深いこの町のあの交番に赴任してくるなんていうのは、神様が仕組んだ偶然としか思えないだろうさ。

しかも、このあたしが、菅野みつのために動こうとしなかったら、あの交番に行かなかったら、会わず仕舞(じま)いで終わったかもしれないんだよ。

宇田のお巡りさん。

きっとあの若者も誰かにそう呼ばれているんじゃないのかい。あたしもあの当時はそう呼んでいたからね。だから下の名前なんか覚えちゃいなかったよ。

宇田のお巡りさんと、菅野みつと、みつの旦那と、あたし。

懐かしいねぇ。まさかそんなことを思い出してこんな気持ちになるなんてね。人間いくつになっても若い時分の色恋沙汰のことを、時には思い出した方がいいもんだね。なんだか全身に新しい血が通ったような気になるよ。

もちろん、この世の中にはいろんな神様が仕組んだような偶然があるってのはこの年になれば、わかっているよ。今までにもそんなことはあったさ。

あれはいつだったか。もう五十年以上も前のことだったか。まだ店を、質屋を開いていた頃だったね。

質屋ってのはあれだよ。誰でも想像つくとは思うけれど、いろんな人間がやってくるが基本は金に困っている人間だ。まだ今みたいな時代じゃない。誰もが毎日の、文字通り米の心配をしているような時代だったよ。

家電やブランド品を売ってあぶく銭を手にしようと思ってるんじゃない。本当に、家族の明日の米を買う金を調達したくて、最後の最後と思って取っておいた着物や先祖伝来の骨董品やらを持ってくる時代だったんだよ。

そりゃあ、あれだよ。今になって考えれば高度経済成長期にはなっていて、皆が身体を張って働けばきっと明日は良くなる、とかいう時代になってはいたんだろうけど、そういうもんじゃないさね。

身体を張って働けない人間だっていたんだよ。身体を張って働いても、家族が食っていけない連中だって多かったんだよ。父親が汗水流して働いたって、三人も四人もいる子供に腹一杯ご飯を食べさせてあげられないと心で泣いていた母親もたくさんいた。そういう時代だよ。

その女もそうだったんだよ。風呂敷に包んだ着物を持ってきてね。これでいくら借りられますかって、伏し目がちに訊いてきたよ。

いい品物だったよ。友禅だったね。どこで手に入れたかなんてその当時の質屋は訊かないよ。その人物を見て判断するのさ。貧相な服を着て生活に疲れているのがありありとわかるその女には、しかしある種の気品があったよ。きっと裕福な家庭で育ったんじゃないかって思ったね。

でも、今は質屋に着物を持ってくるような生活をしている。

何も言わずに、質屋は鑑定するのさ。この友禅ならばそこそこは貸せる。仮に流れちまってもいい値で売れる。そう判断して、あのときはいくら貸したかね。三万円ぐらいだったかね。あの当時の三万円といやぁ結構な値段だよ。普通のサラリーマンの一ヶ月分の給料ぐらいはあったんじゃなかったかね。女は喜んでいたよ。

そのときさ。常連のあいつが来たのはね。冬のコートを引き取りに来たんだ。

当時はそんなことがよくあったんだよ。独身の小金持ちが自分の季節の服を質屋に預けて、クリーニングしてもらって保管してもらうなんてことがね。今で言えばなんだろうね、ちょっとしたレンタル倉庫みたいなものかね。

あいつがまさかその女の同級生だったなんてね。その女に再会して、元々は旧家の出だった女が抱えた問題を解決するために奔走したことで運が開けたんだろうね。その後、市長になって、さらに国会議員様になるなんて誰が思ったよ。

そんな偶然は、質屋をやっているといろいろあったもんさ。お陰様であたしは今もこんなふうに生きていられるけどね。

「やれやれ、いろんなことを思い出すもんだね」

まぁ公園のベンチにぼんやりと座っていればそうだね。あれこれと考えが出てくるもんだよ。

どこが楢島さんの家かはわからない。でもこの夕陽公園の近くに家があるんだ。ここから見えるどこかの家なんだろう。

探し回るようなことはしないよ。もしも、菅野みつの孫が、楢島あおいという女の子がみつのすべてを受け継いでいるんだったら、そんな若い女の子は見ればすぐにわかるもんだよ。

それにね、そういう子は決まって好奇心旺盛（おうせい）なのさ。そしてお節介なもんだよ。親切って言い換えてもいいね。

何故かといえば、人の気に敏感だからさ。

きっと楢島あおいって子は、人間観察に長けている。顔や姿や全身から漂う気でそいつがどんな人生を送ってきて何を考えているかを感じ取れる。まぁまだ若くて人生経験が足りないから、細かいところや深いところまでは読めないだろうけど。

だから、あたしみたいな婆さんがこうやってベンチにじっとしていると、どうしたのか気になってしょうがないはずさ。

ほら、ああやって学生さんが帰ってくる時分だ。

きっとあの中に、楢島あおいがいる。あたしはただじっと座って待っているだけでいいのさ。向こうから声を掛けてくる。

どうやら、あの娘だな。

そういう気を発しているよ。その辺はまだまだだね。隠しておくことを知らない。それにしても随分と別嬪（べっぴん）さんじゃないか。テレビに出ているアイドルや女優さんにも引けを取らないんじゃないのかい。いや、でも何だろうね。あたしにはよくわからない雰囲気も持っているね。あれは、なんだい。芸術家肌とでもいうのかね。

菅野みつの若い頃には似ていないねぇ。あぁ、でも口元なんかは似ているかもしれないねぇ。

「あの」

「はいはい」

やっぱり、声を掛けてきたね。

「どうかしましたか？　大丈夫ですか？」

優しい子なんだろうね。それははっきりとわかる。老人が一人ベンチに座っているから具合が悪いのかと心配になったんだろう。心配になっても、声を掛けるのにはそれなりに勇気がいるものさ。それを躊躇なく、できる。

いい子だね。

いい子に育ったと見える。菅野みつも満足して死んでいったんじゃないのかい。こんな可愛らしい孫と一緒に過ごせてね。

「大丈夫だよ。ちょっと人を待っていただけで」

「そうですか」

行こうとして、ちょっと躊躇っている。

「あの、私の家、すぐそこですから、何かあったら」

「ありがとうね。楢島あおいちゃん」

思いっきり眼を丸くしたね。そういう表情をすると、愛嬌が出てくる。この子はいろいろと天に与えられた幸せな子だね。彼氏になる子は幸せだ。

でも、〈平場師〉としての才能を持った女の子なんて、普通の男じゃあ、まず無理だろうね。この子はきっと彼氏はいないよ。

「私を知ってるんですか⁉」

「知っているよ」

どこで会ったんだろう、と私の眼を覗き込んでいる。

読もうとしているね。いろんなものを。いい眼をしているよ。きれいな眼という意味合いじゃなくて、仕事をする者としてね。こんないい眼をしている若者を見るのも随分久しぶりかもしれない。

そういえば、あの宇田巡査もいい眼をしていたね。

「あんたは、菅野みつのお孫さんだろう」

またちょっとびっくりして、今度はうん、と大きく頷いた。そうか、お祖母ちゃんの友達なのか、と納得したんだろう。

「お祖母ちゃんの、お知り合いですか？」

「そうだね。〈平場師〉の菅野みつとあたしは、子供の頃からの付き合いだったんだよ」

また眼の色が変わったね。

この子はおもしろいねぇ。一緒にいると退屈しないかもしれないね。

「驚かなくてもいいよ、あおいちゃん。あたしはね、萱野みつの人生の何もかもを知っているんだ。そしてね、あんたがついこないだ二十万を掏り取ったことも知ってる」

驚いても、決してその気が萎えることがないね。そして腰が引けることもない。本当に、いいよ。案外、みつよりも才能を持っている子かもしれないね。

「お話をしたいのさ。どうしてかって言うとね、あおいちゃん。あたしはあんたのお祖母ちゃんに返さなきゃならない恩があるんだよ」

「恩、ですか？」

「そう、恩返し。けれども、みつはもう死んじまったしね。ついに返せなかったなと思っていたんだ。そうしたら、ついさっきあんたのことを知ったのさ。みつの孫であるあおいちゃんをね。だから、あんたにその恩を返そうと思うんだけど、迷惑かい？」

ちょっと困ったように考え込む。そういう顔をすると高校生らしい、子供っぽさが出るね。

「あぁ、そうだね。名前も言ってなかったね。あたしは、天野さくらって言うんだよ。婆ちゃんにしちゃあ可愛い名前だろう？」

「さくらさん、ですか」

「そうだよ。偶然だろうけど、〈あおい〉と〈さくら〉だ。お互いに仲良くできそうな名前じゃないか」

あ、と口が開いて、少し笑って頷いた。

「本当ですね」

あたしだってね、優しいお婆ちゃんの顔はできるんだよ。

「大丈夫だよ。別にとって食いやしない」

「あの、でも」

眼を細めた。

「どうして、二十万円のことを」

簡単に認めたね。こんなに早く、あたしには隠しても無駄だと判断できるってのも大したもんだ。

「それはね、別に面倒臭いことじゃないよ。偶然さ。あんたが掏り取ったその二十万は、あの男があたしのところに持ってくるはずの金だったのさ。あたしは金貸しをやっているんだよ」

金貸し、とあおいちゃんは小声で繰り返した。

「お祖母ちゃんが言っていました。金貸しをやってる知り合いがこの町にいるって」

「おや、言ってたかい。それがあたしだよ。どうだい、話ができるかい」

「あ、はい」

とは言っても、こんなところで長話はできないだろう。

「明日は土曜日だね。学校は休みかい」

「休み、です」

「部活や、バイトはあるのかい」

「ないです」

「それじゃあ、明日、ちょいとこの婆さんとゆっくりお話ししておくれ。あたしの家で待ってるからさ。お昼ご飯でも一緒に食べようじゃないか」

こくん、と頷いた。

「お家は、どちらなんですか？」

「そうだね」

用意はしてきたんだよ。

「あたしのこのバッグに、地図を描いた紙を入れておいた。新聞の折り込みチラシを半分に切ったやつの裏に描いたんだよ。それを掬り取っておくれでないかい」

そう言ってベンチからよっこらしょと立ち上がった。やれやれ、ちょっと長い間座り過ぎていたね。背中が固まってしまったよ。

「いいかい？」

「いいです」

そう言ったあおいちゃんの手に、もうチラシがあったよ。黄色い〈スーパーいちかわ〉のチラシ。

「あ、〈天神通り〉の裏側の、昔質屋さんがあったところですね。知ってます」

あおいちゃんが、あたしが描いた地図を見て言った。そして、にこっと笑った。どうですか、とばかりにね。

思わず笑ってしまったよ。

みつ、あんた大した後継者を育てたね。このあたしが掏られたことにまるで気づかなかったよ。

「あたしが立ち上がった瞬間を狙ったのかい」

「そうです」

唇をまっすぐにして、頷いた。

「すごいもんだ」

みつだって、こんなにも突然では、簡単にはできなかったろう。

「じゃあ、明日ね。楽しみに待ってるよ」

本当に楽しみだ。

長生きはしてみるもんだね。

十八　楢島あおい　女子高生

びっくりした。

とんでもなくびっくりして、お婆ちゃんが立ち去っていった後にどわーっ！　って汗が出てきちゃった。まさか、お祖母ちゃんが〈平場師〉だったことを知っている人が訪ねてくるなんて。本当にびっくりした。

天野さくらさん。

さくらお婆ちゃん。うん、可愛い名前だ。

でも、見かけは、悪いけどちょっとだけ怖そうだった。怖そうっていうのは、なんか、頑固そうって感じで。お祖母ちゃんと同じぐらいの年ならもう八十歳は超えているはずなのに、背筋が伸びていた。着物を着て、きれいに歩いていた。

なんか、少しお祖母ちゃんに似た感じもあった。

「明日か」

うん、これはお母さんには言えない。お母さんならひょっとしたらお祖母ちゃんの知り合いだっていうさくらお婆ちゃんのことを知ってるかもしれないけど。

「言えないなー」

あの二十万を掏り取ったことがバレちゃったらもちろん怒られるに決まってる。犯罪なんだからね。すぐに返してもらえるようにしたけど、ダメだからね。

でも、きっと大丈夫だ。

天野さくらお婆ちゃんは、厳しそうだったけど、怖そうだったけど、悪い人じゃない。少なくとも私に危害を加えようなんて思っていない。

ま、八十過ぎのお婆ちゃんに危害を加えられるほど私も弱くはないけどさ。

お祖母ちゃんからいろいろ話は聞いた。〈平場師〉としての特訓を受けていたときに、昔の話はたくさん聞いた。だから、お祖母ちゃんの知り合いの名前も何人かは知っているんだけど、その中に〈天野さくら〉って名前はない。

でも、気になる人は一人いたんだ。

それはずっと覚えていた。お祖母ちゃんが小さい頃はお姉さんのように慕(した)っていて、少し大きくなってからはいろいろと世話を焼いてくれて、そして、お祖母ちゃんがお祖父ちゃんと結婚するときにはたくさんのお祝いをしてくれた女の人。

そういう人がいたって。

そう、「恩人なの？」って訊いたら、「恩人っていうわけじゃないね」って苦笑いしていた。

いろいろあって、本当にいろいろあって普段は疎遠になっているんだけど、どういうわけか人生の節目節目で関わってきてしまう人だったって。そういう意味では〈くされ縁〉かもしれないね、って。

そう言ってた。名前は言わなかったけど。

きっと、さくらお婆ちゃんのことだ。

「そうか」

偶然、私のことを、あの二十万のことを知ってこうやって関わってきたのも、お祖母ちゃんのときからの〈くされ縁〉っていうのが、私とも繋がったってことか。

「うむ」

それ、いいかも。思わずニヤリと笑ってしまった。

「これは、メモしておこう」

〈くされ縁〉というものにはそういうのもあるかもしれない。

「それにしても」

あの人が、市川公太という人がまさかさくらお婆ちゃんのところにお金を返しに行く途中だったとは。あのお金は借りたお金だったとは。

悪い人だと思っていたけど、そういうところはちゃんとしているのか。だったらそんなに悪い人でもないのかも。商売熱心なところが、変な方向に捻じ曲がっているだけなのかな。でも、それでも悪いことだよね。

そういうのも、あの市川公太という人が何をやっているのかも、あのさくらお婆ちゃんは全部知っているのかな。だったら、さくらお婆ちゃんに頼んだら何とかしてくれるんだろうか。

「いや」

それはあんまり期待しない方がいい。

私が期待するのは、うたのお巡りさんと副住職さんだ。

「うん？」

「〈スーパーいちかわ〉だ」

さくらお婆ちゃんの家の地図が描いてあるチラシ。

いちかわ。

市川？

「あれ？」

そういえば、あの人も。

「市川美春」

あれあれあれ？

今日の晩ご飯はハンバーグ。ちゃんとお母さんがひき肉からこねて作るハンバーグ。お父さんの分は私とお母さんの倍ぐらいあるハンバーグ。付け合わせはもちろんキャベツの千切り。

私の千切りはきっと東京の有名レストランで雇ってもらえるんじゃないかってぐらいに凄く細い。お母さんも凄いけど私も凄い。千切りって、いや、包丁を使うことって何を切るにしてもそうなんだけど、指先で包丁と切るものをきちんとコントロールできれば全然怖くもないし簡単なんだ。慣れっていうのもあるけど。

私もお母さんも、指先を使うものは何でも上手だ。編み物も、千切りも、切り絵も、カッターも、そういう細かい作業はものすごく上手。

これはきっとお祖母ちゃん譲りの掏摸のテクニックから来ているものだと思うんだよね。そんな話はお母さんとはしないけど。

結局、指先や手先が器用なんだ、私たち母子は。

「このキャベツは〈スーパーいちかわ〉？」

お母さんに訊いてみた。

「え？」

「〈いちかわ〉で買った？」

　お母さんは、ちょっと考えた。

「そう、かな？　うん、たぶんそう」

　そう言った後に、なんで？　って訊いた。

「や、ふと思っただけで」

「なんだかんだでやっぱり〈いちかわ〉さん安いし、いいもの揃えてるのよね。企業努力してるわよ」

「お父さんの同級生だったっけ」

　そうそう、って頷いた。

「家族経営だからね。甥っ子もあそこでレジやってるし。ねぇ知らない？　ミュージシャンなのよ」

「誰が」

「その甥っ子。泰造くんって言うんだけど」

　泰造くん。

「知らない。市川泰造くん？」

「そう、言ったじゃないこの間、ＣＤ買ったんだって。聴いてないの？　渡したじゃない聴いてみてって」

「あー」

あれか。

「まだ聴いてない。何歳ぐらいなの」

「確か、二十二とか三とかそんなものよ。お兄ちゃんもいるのよ」

お兄さん。

「そこで働いてるの？」

「いやそれは知らない。あーでも」

「なに」

「市川さんの話では、弟はミュージシャンといってもけっこう真面目だけど、兄貴はろくでなしとか言ってたわね」

「ふーん」

そうか、そのお兄さんがひょっとしたら市川公太ってことも考えられるのか。この話題はこのぐらいにしておこう。

お母さんは、勘が鋭い。

何気ない会話からいろんなことを読み取ってしまう。

もしそうなら、私は知らないうちに〈スーパーいちかわ〉さんの社長さんの甥っ子の市川さんに関わってしまったのか。

それも夫婦に。

お父さんは市役所で働いている公務員なので、毎日決まった時間に帰ってくる。たまに残業があって遅くなったりもするけれど、それでも一時間か二時間ぐらいしか遅くならない。今日は時間通りに帰ってきて、ハンバーグって聞いたらすっごく嬉しそうな顔をした。

「いただきまーす」

三人でキッチンのテーブルについて晩ご飯。お父さんは手を洗ってスーツの上着を脱いでネクタイを外しただけで晩ご飯を食べるんだ。部屋着に着替えるのはご飯を食べてからの方がいいんだって。

我が父ながら、この人は、おもしろい人だと思う。

おもしろいって、別に楽しいわけじゃなくて、キャラ的な意味でおもしろい。

まず、マンガをほとんど読んだことがない。テレビもほとんど観ないからアニメのことも知らない。いったい若い頃は何をやっていたんだって訊くと勉強以外の思い出はほとんどないそうだ。大学時代にお母さんと付き合い出してから、歴史的な出来事が中心になるようなマンガをお母さんに教えてもらってそれは読んだそうだ。たとえば『三国志』とか、『あさきゆめみし』とかそういうの。どうしてかっていうと、勉強してきたことは、素直に理解できるから。

じゃあいったいお父さんは何を楽しみにして、趣味にして生きてきたかというと、動物が大好き。

小さい頃から飼ってきた動物をあげると、亀、蛇、インコ、ウサギ、ハムスター、猫、犬。蛇以外は私も全然大好き。今も我が家には二匹の猫がいるんだ。小太郎と姫。小太郎と姫もお父さんのことが大好きで、お父さんがソファに座ると必ず膝の上に乗ってくる。ギャンブルもしないしお酒は付き合い程度だし煙草も吸わないし、本当に真面目で優しいお父さん。お母さんはどうしてお父さんを好きになって結婚したのかって訊いたら、お母さんはお祖母ちゃん譲りなのか、ちょっと山っ気のある性格だから、真面目な人と一緒に暮らした方がいいって考えていたんだって。

お父さんは、お母さんのことも大好きだ。そして私のことも大好き。お母さんは今から私がお嫁に行ってしまうときのお父さんのことを心配している。きっと、当分の間は抜け殻のようになってしまうって。そうなったら今度は犬を飼ってしばらくはその世話に没頭させるわって笑ってる。

いろいろとおもしろいけど、たぶん、幸せな夫婦だと思うんだ。

でも、市川美春さんのところは幸せな夫婦じゃなかった。少なくともあのときは。子供を置いて朝まで飲んで帰ってきたときは。お酒臭い息で友達と話しているのが通りすがりに耳に入ってきたときには。今は、大分落ち着いているって思う。一昨日も気になって少し様子を見に行ったけど、子供を公園で遊ばせていた美春さんは凄く優しそうで落ち着いた感じだった。だから、安心したけど。

もしも、市川公太って人が美春さんの旦那さんだったら、美春さんがああいうふうになってしまったのもなんか、納得できる。

「なにぼーっとしてるの」

「あ、いや」

お母さんが笑った。

「またマンガのネタでも考えてたんでしょ」

「あー、そう」

お父さんが私を見て、少し心配そうな顔をした。

「どんなことを、その、考えているんだ。マンガのネタって」

「えー、いや、夫婦について」

ここは素直に言っておく。

「夫婦⁉」

お父さんが今にも死にそうな顔をした。

「お前、そんなことも考えているのか」

「そんなことってどんなこと」

「いや、ふふ夫婦って」

そんなにキョドらなくても。

「変なことじゃないよ。世の中にはお父さんとお母さんみたいに幸せな夫婦もいるし、そうでない人もいるんだなぁってこと」

そう、いろんな人たちがいる。そういうことを知らないとマンガなんか描けない。

さくらお婆ちゃんは、どんな人生を歩いてきたんだろう。

☆

杏菜と一緒に遊んでお昼も食べてくるって言って、家を出てきた。もちろん杏菜には連絡済み。後でどんなことがあったかは話す。

さくらお婆ちゃんが質屋をしていた〈天神通り〉の辺りは、昔は賑やかだった飲み屋街の裏側。今はそんなに流行ってはなくて、何ていうか、〈ザ・昭和〉な通り。昼間はほとんど誰も歩いていないけど、裏側は住宅街でもあるから、そんなに怪しい場所ってわけでもない。クラスの高橋くんの家もここでラーメン屋をやってて、私たちも食べに来たことがある。

元は質屋さんだったさくらお婆ちゃんの家は小路の奥。こういう場所だから質屋っていう商売はぴったりだったんじゃないかと思う。

誰もがこっそりとやってきて、品物をお金に換えていったんだ。

「質屋も、いいよね」

マンガを描く意欲がくすぐられる場所。

ここももう完璧に〈昭和〉な木造の二階建てのお家で、庭があって、そして蔵も見える。全部がめっちゃ古い。念のためにカメラ持ってきてよかった。後で資料写真を撮らせてもらおう。

（さて）

これは、どこから入ればいいんだろう。質屋さんだったころの木の枠にガラスが入った引き戸の玄関はあるけど、ここから入るんだろうか。でもドアホンも何もない、って思って見たら、横の庭に入る木戸があってそこの脇にドアホンというか、なんだっけ、そう、呼び鈴って呼ぶに相応しい古めかしい押しボタンがあった。

押す。

何の反応もない。でもきっとこれは中では音がしているはずだ。何度も押したら中の人が怒るやつだ。待っていたら、中の方で音がした。見えないけど誰かが歩いてくる音がして、木戸が開いて、さくらお婆ちゃんが出てきた。

「いらっしゃい」

そう言って、なぜか苦笑いした。

「まさか裏から来るとは思わなかったよ」

「え？　裏？」

さくらお婆ちゃんが、私の持っているチラシを指差した。

「書いてあるだろう。反対側が住居の方の入口だって」

「え？　あ！」

そう書いてあった。

「どうやら」

さくらお婆ちゃんが笑った。

「そういう、仕事以外でちょっと抜けているところも、みつに似たみたいだね」

「すみません」

そうか、お祖母ちゃんはお仕事以外では抜けているところもあったのか。

私の知らないお祖母ちゃんを知っているお婆ちゃん。

天野さくらさん。

家の中も渋くて渋くて、黒い板張りの廊下も、雪見障子（ゆきみしょうじ）も、壁の丸い明かり取りの窓も、欄間（らんま）も、縁側のガラス戸も、全部全部写真に撮りたい！　って思ってしまった。そしてこの座卓。渋い。きっとこれ、その昔は相当高かったはずだよ！　普通の座卓じゃないよこれ！　何この造作！　左甚五郎（ひだりじんごろう）か！　って何かもうきゃあきゃあ騒ぎたかった。

「何をそわそわしてるんだい」

　さくらお婆ちゃんが、コーヒーを淹れてくれた。

「いえ、あの」

「なんだい」

「いきなりでなんですけど、このお家の様子を写真に撮らせてもらっていいでしょうか？」

「写真？」

　首を傾げた。

「なんでこんな古い家を」

「あの、私、マンガを描いているんです！　こういう古い建物ってやっぱり貴重で資料にしたいんですけど」

　あぁ、って頷いた。

「マンガを描いているのかい」

「そうなんです」

「いいよ」

にっこり笑った。

「資料にするんだったらいくらでも撮っていきな」

「ありがとうございます！」

「みつも、絵が巧(うま)かったね。そういうのも遺伝なんだね」

さくらお婆ちゃんは、煙草を一本取って、いいかい？　って私に訊いた。どうぞどうぞ。気にしません。

お婆さんが、着物姿で煙草を吸うのって、ステキだ。これも写真に撮りたいけど、我慢する。眼に焼き付けておく。

「お祖母ちゃん、言ってました」

「うん？」

「頭に思い浮かぶことと指の動きが寸分違(たが)わぬ形で動かないと掏摸なんかできないって。だから、絵も巧いんだって」

なるほど、って頷いた。それから、にこりと笑った。

「最初に改めて確認しようと思ったけど言っちゃったね」

「何をですか？」

「掏摸と自覚して、自分でやっているんだって」

さくらお婆ちゃんが、煙を吐いて、また笑った。

「そうです」

掏摸が、できます。お祖母ちゃんから受け継いだ技で。

「〈平場師〉やってます。でも、商売にはしていないです」

うん、って頷いた。

「何をしているんだい。〈平場師〉の技を使って」

「人助け、です」

ここは、はっきり言う。

私は、お祖母ちゃんの、〈菅野みつ〉の技を使って人助けをしたい。するって決めて、やっています。

十九　市川公太　経営者

ぞっとしねぇ。

交番に行くのなんかまったくぞっとしねぇ。

普通はそうだろ。どんな善人だってお巡りさんの前で痛くもねぇ腹を探られたりしたくねぇだろ。

悪いことなんかしてなくたってさ。人間ってのはおかしな部分がゼッタイあるんだよ。真面目なサラリーマンがちょくちょくネットで同人誌のエロエロなマンガを読んでいたりさ。

それ、悪いことじゃねぇだろ？　人の趣味ってさ、性癖、だったか？　そういうのは罪じゃないだろ。たとえばそういうサラリーマンがロリコンでその手の同人誌を読んでいたってさ、現実で何もしなかったら罪じゃないだろ。一人で楽しんでいる分にはただの趣味だよ。

でも善か悪かの二つで分けるとしたら、今の社会状況では悪だろ？　悪なんだよ、ロリコンとかショタとかそういうもんはさ。あくまでも、善悪で分けるとしたらの話だけどな。

だから、自分でもそう思っちゃうんだよ。そう思っちゃったら、お巡りさんの前でそういうのを訊かれたらどうしようってドキドキしちゃうんだよ。たとえ善人でもさ。

人間なんかそんなものだ。そんなもんなんだ。

だからオレだってさ、そんなに悪いことはしてねぇけど、ぞっとしねぇんだよ。たとえ同級生であっても警察官のところに行くなんてさ。

宇田、な。

そして〈東楽観寺〉の坊さんの大村な。大村行成。

二人とも同級生だ。特に坊さんになった大村は、小中高と同じだったよ。まぁオレはあいつとは一度も同じクラスにならなかったけどな。

よく覚えてるぜ。

やっぱり記憶力はいいんだオレは。あいつらはオレのことなんかまったく覚えちゃいないだろうけどな。宇田は思い出したみたいだけど。大村なんか覚えちゃいないさ。

でも、オレは、覚えてんだぜ。

宇田が大村の命を救ったのを。

ダンプが突っ込んでくる直前に宇田は大村を引っ張って後ろに下がらせたよな。ジャングルジムの天辺(てっぺん)から落ちる大村を宇田は片手一本で支えたよな。

たぶん、あいつらも覚えていないんじゃないか？　小さい頃のことだし、直接救ったというよりは未然に防いだって感じだったからな。

どうしてオレが覚えてるかって言うと、簡単だ。

あいうえお順だ。

放課後の〈子供会〉のときだよ。

家に帰っても親が仕事でいない子供は、〈子供会〉って名前のついた教室に集まって、放課後は自由にそこで遊んでいた。今はそういうのはあるのかどうかわかんねぇけど、オレらの時代にはあったんだ。

そこでは、同学年はあいうえお順で管理されてた。自由に遊ぶって言っても、できるだけ皆で行動した方が、係の先生や保護者にとっては都合がいいからさ。

いちかわ、うた、おおむら、だ。

あいうえお順。

何かあったら、オレと宇田と大村は必ず三人並んだんだよ。だから、覚えてんだ。

惜しかったよな、あと二人、あべ、とか、えがわ、とかがいたら本当にあいうえおなのにな。

たとえば、校庭でバラバラに遊んでいて、皆集まれー、って先生が言って点呼取るときにはさ、オレと宇田と大村が並んだんだよ。

その頃のオレはこんなふうじゃなかったはずだ。

まぁ自分じゃあんまり気にしちゃいなかったんだけど、無口で物静かであまり他の子と遊ばなくて、虫ばっかり見ていた。

そう、虫が大好きな子供だったのさ。いるだろ？　今もさ。アリが並んで歩いていたらそれをじーっと何十分も眺めているような子供。石をひっぺがしてダンゴムシを見つけてそれを土を詰めたビンに入れて喜んでいるような奴。

そういう子供だったのさ。よく怒られたよ。何たって、登校途中に道端にしゃがみ込んで虫のことをずーっと観察しているんだからな。モンシロチョウを追いかけて隣町まで行ったこともあったよな。

採集はあんまりしなかった。いや、それなりにはやったけど、とにかく観察が好きだったんだな。だからオレたち兄弟は記憶力もいいのかもな。眼に入ってきたものを全部覚えられるのはそういう理由かもしれないな。

それが友達と遊ぶより楽しかったのさ。そして子供ってのは敏感だから、公太くんはそれが好きなんだってわかると放っておいてくれるのさ。自分たちは自分たちで遊んだ方が楽しいからな。

オレが覚えているだけで、その子供会のときに、宇田は二度大村の命を救った。大袈裟じゃなくてさ。

後から、後からってのは中学生ぐらいになってからふと思い出して、あんとき宇田が助けなかったら大村は死んでたよな、ってさ。子供だったからよくわかってなかったけど、きっと大人は、大村の親とかは大騒ぎして宇田に感謝していたんじゃないのかな。わかんないけどな。

何だろうな。

宇田は人より何倍も〈危険〉に対するカンが鋭いんだろうな。たぶんそうなんじゃないかな。動物の本能みたいなもんじゃないのか。ほら、あるじゃないか、ネズミが沈む船から逃げ出すとかそういうの。野生の動物が皆持ってる予知能力みたいにさ。冗談抜きで。だから警察官になんかなったのかもしれない。

オレや弟の泰造の記憶のよさも、できない人からしたらほとんど超能力みたいなもんだもんな。それと同じ。

あるんだよそういう能力って。いやガキじゃねぇんだから本当に超能力だなんて思ってないけど、普通のレベルより突出した能力だよ。オレからしたら東大に受かった連中の学習能力なんてまるっきり超能力みたいなもんだよ。

オレの財布から二十万掏ったあの若い女の子だってそうだぜ。

誰がさ、気づかれないで財布から二十万掏り取れると思う？　ムリだぜ普通の人には。それをあの女の子はやったんだ。普通の人よりも鋭い感覚を持っているんだと思うぜ。

「しかし」

思わせぶりだったよな、宇田はさ。

交番には来ないで、裏にある住居に来てくれってさ。

しかも、一緒に飯でも食おうってよ。

「何でだ？」って訊いたら「同級生と旧交を温めようって思ったんだけど、ダメかな？」ってな。

ダメとは言えなかったよな。非番だって言うしさ。確かに同級生なんだし、会ってお茶するぐらいはヒマだからいいけどさ。

「あぁ、ここか」

交番の裏っていうか、〈東楽観寺〉の境内の隅っこの変な形をしたお堂みたいなところ。ここがお巡りさんの住居だってのは、この辺りで生まれた子供なら皆知ってる。小学校で教えてもらうからな。

小さい頃は、交番と寺がワンセットだったよな。何かあったらここに駆け込め、みたいなことも言われてたよ。お坊さんとお巡りさんが一緒にいるんだから、これほど安全なことはない、なんて皆が考えたんだろうな。まぁちょっとはその気持ちはわかるけど、今の俺は坊主の説教もお巡りの眼もうっとうしいだけだけどな。

火曜の昼間の午後一時。

古い木造のお堂みたいな建物だから、ピンポンも何もない。

「おーい」

ドンドンとガラスの入った戸を叩いた。ちょっと待ったら、中で音がして戸がガラガラと開いた。

宇田の、笑顔。普通のシャツに、ジーンズっていうラフな格好。そんな格好してるとまったくお巡りには見えない。どっかの高校生みたいだぞお前。

「やぁ」

「ウッス」

こっちも精一杯平静を装うさ。同級生だからな。

「ごめんね、わざわざ」

「いや、いいさ」

草履があったから、いるんだろうな、って思ったらやっぱりいた。居間の卓袱台に坊主頭の大村がのんびりとした感じで座っていた。こっちは、なんていったっけ、作務衣だったか？　よく坊さんが着ているやつ。

「久しぶりだな大村」

「あぁ」

大村がそう言って、でもすぐにスマン、と手を合わせた。

「弟の泰造くんはたまに会うんだけど、お前はまったく会っていないからほとんど覚えてなかった」

「だろうさ」

「でも、こないだ卒業アルバム見て、思い出したよ。〈子供会〉で一緒だったよな？」

「そうそう」

少しは覚えてたのか。よっこいせ、と、卓袱台の前に座った。なんだこのザ・昭和な雰囲気は。雪見障子に古びた茶箪笥に卓袱台に柱時計って。

「博物館みたいだなここ」

言ったら、大村が笑った。

「そのものさ。ここにあるものは戦後すぐのものばかりだぜ」

「戦後ってか」

タイムスリップかよ。

「はい、お待たせ」

たぶん隣の台所に行っていた宇田が、寿司桶を三つも重ねて持ってきた。

「なんだ、飯を食おうって寿司かよ。豪勢だな」

「そんないいもんじゃないよ」

宇田が笑って言うけど、中を見たらこれは松竹梅の松だろうどう見ても。しかもすっげぇ数があるぞ。思わず宇田の顔を見たら、また笑った。

「心配しなくていいよ。これは握ったんだ」

「握った？」

「僕が」

「お前が？」

寿司を握ったって。

「お前、そんな特技を持ってるのか」

「特技ってほどでもないよ」

「昔、じいさんに習ったんだってさ。寿司の握り方」

へぇ。

「魚は全部、ほら〈さかなの塩八〉あるじゃないか。あそこで切ってもらったんだ」

「あぁ、あそこは何でも安いもんな」

「そうそう」

なるほど。それならこんなにあってても値段的には回転寿司とそんなに変わらねぇか。いや、それでもまぁもうちょっと行くか。

「再会を祝してさ。僕や行成は気軽に酒を飲みに行くわけにもいかないからさ」

お茶を淹れながら宇田が言う。

まぁそうか。そうだよなお巡りも坊さんも酒を飲みに行っちゃいけないってことはないだろうけど、オレみたいなのとそこらで一杯ってわけにもいかないもんな。

「じゃあ、まぁ食べようよ。寿司だからさっさと食べないと」

「そうだな」

三人で湯飲みを持って、乾杯の真似事をしてから、寿司に手を付けた。

「旨いな」

大村が言う。

「あそこの魚はいつもいいもんな」

「お前の店とかで料理は出すのか？　仕入れたりとか」

大村が訊いたので、頷いた。

「ガールズバーだって料理ぐらいはあるさ。むしろ店の子には料理が得意って子もいるからな。厨房でカルパッチョとか作ってもらって出すぜ」

もちろん、仕入れはオレがする。

「安いもんを探すのは鉄則だぜ」

「そうだよな」

「衛生面もバッチリだぜ」

一応、宇田に向かって言うと笑って頷いた。

「食中毒なんか出したら、営業停止だもんね」

「そうよ。おマンマの食い上げになっちまう」

商売は真面目にやってんだ。

「どうして商売を始めようって思ったんだ？」

大村が訊いてきた。

「どうしてって、そりゃあ食っていかなきゃならないからさ」

「最初から自分で商売をしようって思ったの？」

宇田が言う。何だよって思ったけど、二人とも仲が良いんだからお互いのことはわかってるんだもんな。オレのことは何も知らないってか。

「最初って言えば、そうだな。誰かに命令されて何かやるってのが性に合わないってのはバイトしててわかってたからな」

「最初のバイトはコンビニだよな」

「よく知ってんな」

「泰造くんに聞いた」

あぁそうか。

「そのコンビニで、店長のケツを蹴飛ばしてクビになったんだろう？」

笑った。泰造はそんなことも話したか。まぁ話すよな。

「そうだよ。それで思い知ったんだよ。人に使われるより、自分で何かやった方がいいってな。オレの話なんかしてもおもしろくねぇよ。宇田は何でお巡りさんになろうと思ったんだ」

寿司をパクつきながら言う。宇田がお茶をまた淹れてくれた。こいつ、気がつくね。それともお巡りさんってのはそういう性格の奴がなるのか。

「僕は簡単な話だよ。お祖父ちゃんが警察官だったんだ」

「へぇ、マジか」

そりゃ知らんかったな。

「そして偶然だけどね。この街でも警察官をやっていたんだ」

「すげぇな。え？　じゃあこの交番には希望でもして来たのか」

「いや、それも本当に偶然。びっくりしたよ」

そりゃ、びっくりするわな。まさかお祖父ちゃんの勤務していた街に、自分が小さい頃を過ごした街に来るなんてな。

小学校のときの話、案外覚えているもんだな。校長先生や、いつもスカートが短かった音楽の先生のこと。肝試しをお墓でやろうとして大村の親父さんに怒られたこと、遠足で山に登ったことや、そこでオレはカブトムシを三匹も捕まえて一匹を宇田にやった話なんかすっかりオレは忘れてたよ。

言われて、思い出した。

そして、なんかな、久しぶりに笑ってた。

素直にさ。ネタで笑うんじゃなくてただの思い出話で思いっきり笑ってたよ。たくさん旨い寿司を食って、酒じゃなくてただのお茶を飲みながらさ。宇田とは小学校の三年間だったけど、大村とは中高も一緒だから、同じクラスにはならなくたって共通の思い出はあるもんだってわかった。

中学の数学の及川がねちっこい性格で皆が嫌がっていたけど、実は動物が大好きで捨て猫を何匹も保護して自分の家で飼っていて、いい奴だった話とかさ。高校の教頭が落ちこぼれた連中を集めて自分の家で補習をやって飯を食わせてくれた話とかさ。

いろいろあったよ。いいことも悪いことも。

そして、楽しい、ってことも思い出したよ。

同級生なんて、ただの知り合いだった。顔も知らないただ同じ学校ってだけでどうでもいい奴なんかは、せいぜいよくて、金を店に落としてくれる相手だと、客でしかないって思っていたけどな。そんなんじゃないと思ったのは初めてかもしれないって思ったよ。

思い出話で大笑いしたことなんか、今までオレの人生でなかったかもしれない。

二十　大村行成　副住職

巡の眼を、信用したんだ。

警察官としての、人を見る眼。

久しぶりに市川公太と会って、話して、そして思ったって。少なくとも悪人じゃない。

悪党でもない。小悪党かもしれないけど、本当に人を騙して不幸にさせて何とも思わないような男じゃない。

それは、こうやって話してみて俺も感じた。

これでも副住職だ。巡に鋭い勘と人を見る眼があるんだったら、俺にも坊主としていろんな人に接してきた経験がある。それなりに人間というのはこういうもんだというのを、見て感じてきた。

だから俺も思った。

市川公太は、悪人じゃない。

それは、弟の泰造にも確認してきたんだ。内緒だってことで。

☆

「兄貴は、どっかで捻くれちまったんですよね。や、僕も素直なんて言えないですけどね」

〈あんばす〉の隅っこでコーヒーを飲みながら、泰造が言った。

「どっか、ってのは何か具体的にあるのか」

訊いたら、うーん、って唸る。本当にこの小太りなミュージシャンはちょっとした仕草に愛嬌がある。それが好かれる要素でもあるんだろうな。

「実はね、僕も知ったのはほんの何年か前なんですけどね」

言いながら、背中を丸めて顔を寄せてきた。

「内緒ですよ」

小声で言う。周りを気にする。

「大丈夫だ。坊主は秘密を守る」

泰造が、うん、って頷く。

「兄貴はね、親父の連れ子なんすよ」

「連れ子？」

「そうっス」

それはつまり。

「今のご両親の子供は、お前だけってことか？　親父さんは再婚だと」

「そうなんですわー」

少し唇を歪めて、泰造が頷いた。

「なんかですね、あんまりいい結婚じゃなかったみたいで、親父はそれを隠しているっぽいんですよね」

「ひょっとして、〈いちかわ〉の社長、伯父さんから聞いたのか」

こっくり頷いた。

「そうッス。伯父さんも内緒にしていて、あんまり広めるなよって。そして親父さんが自分で言ってくるまでは黙っていてやれって。だから詳しくは聞いていないんすけどね。なんか、伯父さんの話の雰囲気では、兄貴の母親ってのは刑務所に入るようなことをしでかしたみたいで」

そっちか。

「なるほど。それを公太も知ってるんだな？」

「どこまで知ってるのかわかんないすけど、知ってますね。そしてね、これは僕も最近思ったんすけどね。おふくろは兄貴には結構厳しく躾をしたんですよ。まぁおふくろも別に悪い人間じゃないとは思うんですけど、自分の子供じゃないし、そういう経緯もあったせいか、ね？」

わかるでしょ？　って感じで泰造が俺を見る。

「まぁ、なんとなくはな」

泰造の母親には直接会ったことはないけど、腹違いで自分の息子になった子供に、ちゃんと育ってもらいたいが故に厳しくしてしまう。そういうことはあるだろう。そしてそれも愛情の形のひとつではあるだろう。

「ってことは、そこんところが上手く嚙み合わないで、公太はやさぐれてしまった部分があるってことか」

　泰造が大きく頷いた。

「兄貴、小さい頃は僕には優しい兄貴だったんすよね。ケンカしたこともなかったし、悪い男だとは思うんすけど、実際僕は別に迷惑掛けられたわけでもないし、まぁ、あいつの弟かよ、ってことで少し居心地が悪かったこともありますけど」

「ちょっと捻くれてしまってそのまま人生を歩いている兄貴か」

「そうっス。できれば、仲良くしたいとはずっと思ってますよ。僕はいつでもいいから、連絡貰って、酒でも飲むかって言われたら嬉しいって思いますもん。それに」

「それに？」

「奥さん。義姉（ねえ）さんか。美春さんだっていい人なんですよ。ゼッタイ悪い人じゃない。だから結婚したと思うんですけどね。泰造くん、って呼んでくれて僕にも優しいし」

　美春さんな。それは、俺も思っていた。

　あの人は、悪い人じゃない。若干育児放棄をしかけていたけれど、今はいい方向に向かっている。ちゃんとしたお母さんになっている。

　それもこれも、ちょっとしたことなんだ。

　もちろん、神も仏もどうしようもない人間ってのは確かに存在するんだが、多くの場合はちょっとしたボタンの掛け違いみたいなことで、崩れていくんだ。だから、誰かがそのボタンの掛け違いを直してやることでそれまでとは嘘のように事態が好転していくことは多々ある。と、親父も言っていた。

親父は、大村成寛はもう坊主歴三十数年のベテランだ。たくさんの人間の悲喜こもごもをその眼で見てきて、そういう結論に達している。

息子である俺も、その結論を尊重している。

☆

親は選べないってのは、よく言うことだ。坊主の説教の中にもそういうのはある。因果は巡る糸車ってな。

「ところで、公太」

「おう」

何だ、って俺を見た。その表情は来たときよりずっと和らいでいる。懐から封筒を出して、卓袱台の上に置いた。

なんだ？　って顔をして公太はそれを見た。

「実は、今日お前を呼んだのはさ、旧交を温めようっていうのもそうなんだが、この件もあったんだ」

「この件？」

まだわかっていない顔をしている。

「この封筒の中にはさ」

「うん」

「二十万円が入っているんだ」

眼を丸くした。

本当に、心底驚いている。

「え？」

俺と巡の顔を交互に見て、それから封筒に眼をやって、眼をぱちくりさせている。

「この間、寺の賽銭箱の上に置いてあったんだ」

「賽銭箱の上？」

「そうなんだ。それで、巡に言ったらさ、心当たりがあるって」

心当たり、って呟いた。

まだその封筒に手を伸ばそうとしない。公太、やっぱりお前悪党にはなりきれないよな。顔に出るよな。感情が。そんなにバレバレな男が悪いことなんかできるはずないじゃないか。

そして、考えている。ものすごい勢いで頭の中でどういうことかって考えている。

その辺は、商売上手だよな。

一体、何がどうなって今、二十万円の封筒が眼の前にあるのかってことを、何通りものパターンを考えて正解を導き出そうとしている。

お前、その商売上手なところをさ、伯父さんのスーパーをもっと大きなものにするって方向に向けたらいいんじゃないかな。

今みたいな夜の商売をやっていくよりはさ。

二十一　宇田巡　巡査

刑事という立場に立ったことがある。警察の仕事の中では花形みたいに思われているよね。犯罪捜査の最前線だ。事件を調べて、犯人を見つけ出して、逮捕する。そこまでが刑事の仕事。

その犯人逮捕の最終の仕上げは、調書の作成って言ってもいいと思う。まぁ僕個人の考え方かもしれないけれど。ちゃんとした物的証拠と、そして被疑者の自白。それが揃ってようやく刑事としてのひとつの仕事が終わる。

その被疑者との面談。つまり、取り調べには何度も立ち会った。僕の特技が役立ったからだ。もちろん、それがあったから僕は警察学校を卒業してあっという間に刑事という立場になれたんだから。

だから、まだ若いし、人生経験もないんだけど、その人がどんな人なのかっていうのはある程度話していけば、直感的にわかる。理解できる。

コータは、市川公太は悪い人間じゃない。

それはもう、理解できた。確信した。

奥さんの美春さんとのことも、理解できた。悪い人間じゃあないけれど、どうしようもない男っていうのは確かにいると思うよ。

好きで結婚したくせに、子供も作ったのに、いい夫になることを、親になることを覚悟できないっていうか、そんなことを考えようともしない男。ろくでなしみたいな男。そういうのは本当にたくさんいるんだ。今までにもたくさんそういう男に会ってきた。

公太もその一人だ。

だから、美春さんは育児放棄の寸前にまで追い込まれた。もしも公太が結婚した時点か、子供が生まれたときにちゃんとした覚悟ができていれば、今頃は幸せな若夫婦として暮らしていたはずだ。

弟でミュージシャンの泰造くんとも、仲良く話をしていたかもしれない。泰造くんは子供好きらしいから、姪っ子をめちゃくちゃ可愛がっていたかもしれない。

公太はその幸せな未来を想像できていない。

直感だけでは、どうして公太がこんなことになってしまったのかは正確にはわからない。

つまり、どんな善人でも、この人は本当はいい人なんだってわかったとしても、そのいい人が罪を犯してしまったのはどういう理由に因るものなのかはわからない。きちんと、調べなきゃならないんだ。

それを知るのに、いちばん手っ取り早いのは天野さくらさんに訊くことじゃないかと思ったんだ。

☆

勤務中に、天野さくらさんのお宅にお邪魔した。もちろん、戸別訪問調査の書類を持って、西山さんの許可も貰って。せっかく知り合いになったし、祖父のことも知っているみたいだからいい機会だって西山さんも言ってくれた。

人生勉強してこいって。

それで、こっそりと缶コーヒーも買ってきたんだ。近所の人の噂話で、とにかく缶コーヒーの空き缶がたくさんゴミで出てくるって聞いていたから好きなんだろうと思って。

コンビニで買い揃えた六本を置くと、天野さんは苦笑いした。

「今度からは甘いものにしておくれ。無糖は好みじゃないいんだよ」

「わかりました」

本当に、純和風というか、昭和の時代の建物。僕が住んでいる家にも匹敵(ひってき)するぐらいに古いと思う。

「そうそう」

天野さんが立ち上がって、壁際の茶簞笥の引き出しを開けて、何かを取り出した。

「ほら、ご覧」

手紙だ。古い古い手紙。封筒。ここの住所と天野さんの名前が表書きにあるけれど、かなりの達筆だ。わかっていたから読めたけれど。

「お祖父ちゃんの筆跡はわかるかい」

「祖父の手紙ですか？」

訊いたら、天野さんが頷いた。

「宇田源一郎さんから貰った手紙だよ。もう六十年近くも前のものだね」

六十年。すごい歴史だ。一九五〇年代だろうから、戦争の傷もまだ癒(い)えていない頃じゃないか。

「祖父の字は、万年筆で書いたものしか見たことありません。これは、筆ですね」

「いい字を書いた人だったよ。確か師範代ぐらいの力があったんじゃないのかね。書の」

「そうなんですか」

それは、知らなかった。

「中を読んでいいんですか？」

天野さんが、にやりと微笑んだ。

「読んでほしくはないけれどね。まだ私たちも二十代の若造と小娘だった頃だよ。恥ずかしいことばっかり書いてあるからね」

「あ、じゃあ」

「でも、開いてご覧。きっと読めないから」

言われて、封筒から出して開いたけれど、確かに読めなかった。

「これは、お借りして解読しなきゃわかりませんね」

「だろう？　まぁ何てことはない。私と、菅野みつと、宇田さんと、もう一人菅野みつの旦那になった男のあれこれの話さ」

そうか、そこにこの天野さんもいたのか。

「祖父から聞いていました。菅野みつさんと、その旦那さんとは古い馴染みだったと」

天野さんは、にっこり微笑んで頷いた。

「あたしのことは言ってなかったろう」

「聞いていませんでした」

だろうね、って唇を少し歪めた。

「宇田さんは、みつに惚れていたからね。そしてあたしはみつと旦那に迷惑を掛ける女だと思っていただろうからね」

そうなんですか、と頷くしかなかった。

「祖父の話など、今度ゆっくり非番の日に聞きに来てもいいでしょうか」

ぜひ知りたいんだけど。天野さんは、いいよ、と笑った。

「あたしが生きているうちに来なさいよ。いくらでも話してあげるよ。もっとも、菅野みつと旦那の話は、あんたに惚れていくであろうみつの孫に聞くといいよ」

「え？」

「楢島あおいちゃんさ。あの子に全部話したからね」

「そうなんですか」

仕事というか、行動が早い。この間、交番に楢島さんの住所を訊きに来たばかりなのに。

いや待て、惚れていくであろうって言った？

「あの、あおいちゃんが、ですか」

「そんなとぼけなくてもいいよ。あんたは、そんな鈍い男じゃないだろう？　あおいちゃんはあんたに惚れるよ。あんたたちは、同じ心を持った者同士さ。魅かれあうんだよそういうのは。まぁその辺は世間様の注目を集めたりしないように上手くやっておくれ」

これも頷くしかなかった。気をつけます。

「それで、今日伺ったのは、そのあおいちゃんにも関係しているんですが」

天野さんが、またニヤリと笑った。

「あいつの件だろう？」

「あいつ？」

「市川公太さ」

その通りだ。何もかもお見通しってことなのか。

「そろそろその件であんたから、うたのお巡りさんから連絡がこなきゃあこっちから出向くつもりだったさ」

二十二　市川泰造　ミュージシャン

　おっ、この階段の音、いいな。

　カツン！　カツン！　って。この何ていうんだ、階段の角っこのガードみたいなやつ。すべり止めか？　これが金属なのがいいんだな。古くなって浮いてきちゃってて、それが踏む度にカツン！　って音がする。

　あれだ、ロックの神様のチャック・ベリーの『ロック・アンド・ロール・ミュージック』だよ。あのリズムだね。しかもまたこの階段の古くて薄暗い感じがいいじゃないか。まるでアメリカの古い建物みたいで、もうすぐ夜がやってきて俺たちのタイムがやってくるぞってあちこちのドアが開くんじゃないかってね。

　飯島団地に住んでいるのはもちろん知ってたけど、来たことはなかったんだよな一回も。来いとも言われなかったし、まぁ呼ばれない限り来ようとも思わなかったんだけどさ。

　それが、呼ばれるってか。

いや、遊びに来いよってか。

用事があるんじゃなくって、たまには飯でも食おうってさ。

あの兄貴がさ。

本当にびっくりしたよ。いきなりお客さんに聞かされたからね。「お兄さん、店閉めたんだってね」ってさ。

最初はあぁまた別の店でもやんのかなって思ったら、違ったんだよ。何せ、常連さんにちゃんと閉店のハガキを出して、しっかり閉店の挨拶をしてから辞めたって言うんだから。今までそんなことなかったからさ。いっつも突然に行方くらますみたいに店を替えてたからさ。

で、何をするのかって思ったら、いきなり運送会社で働きだしたって。真っ当な、ちゃんとした仕事をしだしたって。

まぁ親父やおふくろは喜んでいたけどね。ようやくまともに働く気になってくれたのかって。いやそういうふうに言うと水商売が全部悪いみたいになっちゃうけどそうじゃなくてね。親の気持ちってことで。

俺も弟としてはなるほどねー、って思っていたら、今日のお誘いだ。

「ここか」

B棟の、三〇二号室。おお、〈市川〉って表札に書いてあるね。なんか、新鮮だねこういうの。

ピンポーン、ってか。中から美春さんの「はーい」って声でも聞こえてくるかなって思ったら、いきなりドアが開いた。

「おお、泰造」

「兄貴」

笑顔だよ。

兄貴が。

「よく来たな」

「うん」

「なんだよ、何も持ってこなくていいって言ったのに」

そう、俺の手には缶ビール。

「伯父さんが持ってけってさ」

そうか、って兄貴が笑った。その向こうに、子供がバッ！　って感じで飛び出してきた。

「おー、空ちゃん」

何年ぶりだ。前に会ったときにはまだ美春さんに抱っこされてた赤ちゃんだったのに、歩いてる！

「すっげぇ大きくなった！」

「だろう？」

空ちゃんは、恥ずかしそうにして、兄貴の陰に隠れて俺を見てる。

「忘れちゃったかな？　叔父さんだよ！」

そうだよ。俺はね、君の叔父さんなんだよ。

「入れ入れ。もうご飯できるから」

「うん」

そうなんだ。さっきからいい匂いしてるんだよ。これはあれじゃないのか。

「ギョウザ？」

「そうだ」

兄貴が笑った。

「ご馳走ったら、うちは、市川家はギョウザだろ」

「そだね」

おふくろが皮からちゃんと作ったギョウザ。子供の頃はそれがいちばんのご馳走だった。俺と兄貴はもうおふくろが焼いたギョウザを取り合うようにして食べてた。それを見ておふくろがどんどん焼いていくんだ。

「いらっしゃい、泰造くん」

美春さんが、エプロンしてる。元気そうだ。

「お久しぶりっす。お邪魔しまっす」

よかった。

美春さんが笑顔だ。

兄貴も笑顔だ。

空ちゃんはまだ俺に近づいてこないけど大丈夫だ。俺はちっちゃい子には抜群の人気を誇るんだからな。すぐに一緒に遊んでくれる。

びっくりだ。こんな日が来るなんて。

「座れ座れ」

この団地、意外と広いんだね。古い建物だから逆にゆとりがあるのかな。居間に使いこまれたソファとテーブルがあって、もう食器が並べてある。

兄貴が座るとその膝の上に空ちゃんが座った。

なんだよ、しっかりと、いいお父さんになってるんじゃん。兄貴さんざん周りに心配掛けといてさ。空ちゃんが安心し切ってお父さんに甘えてるんじゃん。

兄貴の向かいに座って、テーブルの上にビールを置いた。

「せっかく持ってきてくれたけどよ、泰造」

「なに」

「そのビール、全部お前飲めよ」

「え？　なんで」

兄貴がニヤッと笑った。

「禁酒だ」

「禁酒ぅ？」

あの兄貴が？

「なんでまた」

「高卒の資格取るまで、禁酒。取ったらお祝いに飲む」

「マジか」

「マジだ」

またびっくりだよ。

いやでも兄貴ならすぐに取れるだろう。これでも成績は悪くなかったんだ。悪くないっていうか、むしろ俺よりずっと頭がいいんだ兄貴は。態度が悪かっただけで。

「それで、高卒認定取ったら、今度は大学も行くぞ」

「マジッー？」

「マジッー」

本気になったってか。

「お前がミュージシャンになるんなら、俺は弁護士になる」

「弁護士ぃ？」

いや、実は気づいていたんだ。隣の部屋は寝室になってるらしい和室なんだけど、そこに本棚があって、法律関係の本がいっぱい並んでいたんだ。記憶力のいい俺はちらっと視界に入っただけでわかってたんだけど。

「もちろん、働きながらだぞ。働きながら、司法試験に受かってやる」

なれると思うよ。いやお世辞でも身内びいきでも冗談でもなくさ。

俺たち兄弟、記憶力だけは抜群にいいからね。試験なんてほとんど暗記でイケるんだからね。実際俺もそれで大学入ったみたいなもんだし。

でも。

「それはすっげぇカッコいいし、いいことだと思うけど、なんでまた弁護士？」

てっきり俺は、しばらく修業みたいに他所（よそ）で働いた後は、伯父さんのスーパー手伝って商売を拡げるために戻ってくるんじゃないのかなって思っていたんだけど。

兄貴は、ニヤリと笑った。

「まぁ、いろいろ思い出しちゃってさ」

「何を」

「自分にも、友達がいたってことをな。ダチじゃなくて友達な」

友達？

誰だ？

「その友達とな」

「うん」

今度は、なんだか嬉しそうに笑った。

「三人で、旨い酒を飲むためにやってみっかなって」

二十三　大村行成　副住職

「心だね」

「心ですかぁ」

ジャージ姿で箒を持って、杏菜ちゃんが言う。

「掃除をしているんじゃない。清めているって気持ちでね」

「お清め、ですか」

「まぁ実は仏教にはそういう感覚はないんだけどね」

「ないんですかぁ？　あれ？　でも、お葬式の帰りにお清めの塩、なんてぇありましたよねぇ」

よく知っているな。若いのに感心だ。

「その辺のくだりは解説しだすとんでもなく長い話になってしまうし」

「はい」

「面倒臭いんだ」

「面倒なんですか。お坊さんが面倒臭がっていいんですか」

よくないよ。うん、よくない。特に朝六時の境内で、お勤めが始まっているというのにそれではいけない。

「ざっくり言うと、仏教に清めなきゃならない穢れというような概念はないんだよ。これもざっくり言うと、それはどっちかと言えば神道の方ね」

「あー、そうですね」

「そうそう。だからこの境内の掃除も僕たちは修行なんだよ。お仕事のひとつね。でも、心持ちとしては、お寺にやってくる皆さんのために、この場をきちんとしなければならない。きれいな様相にして、迎えなきゃならない。つまり、清めるようにしなきゃならないって感じだ」

なるほどぉ、って杏菜ちゃんが頷いて、箒を持ち替えて、深呼吸した。眼を閉じて、開けた。

「おっ」

途端に雰囲気が変わった。真面目な顔で、箒を動かした。ゆっくりゆっくり呼吸しながら、一定のリズムで箒を動かしている。

「すごいね、なんか」

「何がですかぁ？」

「どういう気持ちになったの？　今、何か雰囲気変わったけれど」

「スタートした気持ちです」

「スタート」

「レースをスタートした気持ちでやってました。ああいうときに、余計なことを考えるとダメなんです。つまり、まっさらな清らかな気持ちで」

「なるほど」

おもしろいね。何かに夢中になってそれを極めようとする子っていうのは、そういう感覚を持てるものなんだな。

「つまり、ですね」

「うん」

「丁寧に、心を込めて、ってことですよね？　それが境内の掃除の極意ですよね？」

極意なんかないんだが、そういうことだ。

「心を込めることは、何事にも通じるんだよ。毎日の生活でも、勉強でも、スポーツでも」

「人付き合いも、ですね？」

「そうそう」

杏菜ちゃんが、交番の裏側にあるお堂を見た。

「今日は、うたのお巡りさん、非番なんですよね」

「そう言ってたな」

俺を見て、にっこり笑った。

「あおいが、今日はうたのお巡りさんとデートするって言ってました」

嬉しそうに言う。確かにそうらしいけど。

「あんまり広めてもらっても困ると思うよ」

「広めません。でも、卒業したら大丈夫ですよね？」

「まぁあの二人なら大丈夫だろう」

「ですよね」

杏菜ちゃんが大きく頷きながら、俺を見た。一応、心の中で自分にも言っておく。あぶないことさえしなければ、こうして境内で早朝デートを約束して、毎日会っていても文句は言わせないと。

煩悩と言われるかもしれないが、実は男女の清らかな交際は煩悩じゃないんだぜ。まぁ俺の独自の解釈だけどな。

二十四　宇田巡　巡査

釣りなんか、小学校のとき以来だ。

「懐かしいなぁ」

金星橋(きんせいばし)のたもと。堤防を下りた辺りの河原は小学生ぐらいの子供たちの絶好の釣り場だった。天気もいい。

「ここでは何が釣れるんですか?」

あおいちゃんが訊いてきた。

「僕が小さい頃は、ウグイとかオイカワとか、ギバチだったかなぁ」

「ぜんぜん知らない」

あおいちゃんが、笑った。そうだよね。

「女の子は釣りなんかしないだろうね」

「する子はいましたけど、ほとんどいなかったですね」

男の子と女の子の違いって、そういうところだと思う。誰が教えるわけでもないのに、遊び方は決まってくるんだ。もちろん、今の男女平等とかあれこれとか踏まえた上での話だけど。

「副住職さんが、宇田さんは趣味なんかぜんぜんないって言ってたって聞きました」

「ないね」

本当にない。

「今日だって釣れるかどうかわかんないよ」

いいんです、ってあおいちゃんが微笑んだ。

「宇田さんが釣りをしているところを見られるだけで」

キャンプに使うような小さな折畳み椅子を二つ広げて、置いた。

「これも副住職さんのですか？」

「そう」

釣りのセットも椅子も、アウトドア関係のものは全部行成の持ち物だ。しかもそういうものをあいつは境内の僕の住居の納戸に置いているんだ。前からそうしていたって言うから、僕が文句を言う筋合のものでもない。

非番の日にどこかで話をしようか、ってあおいちゃんに言うと、釣りに行きたいって言い出したんだ。

自分ではしないけど、僕が釣りをしているところを見たい、つまり写真に撮りたいって。それもどうやら今描いてるマンガの資料にするらしい。

釣り竿に、餌を付ける。

「ミミズとかじゃないんですか？」

「ミミズとか虫でもいいんだけど、実際に見ると気持ち悪いかと思って」

練り餌を買ってきておいた。

「それとも、その辺でミミズとか虫とか取ってみる？　石を引っ繰り返したらたぶんいるよ？」

えー、と顰めっ面をした。

「やめておきます」

「だよね」

針に練り餌をつける。よっ、と、竿を振って糸を垂らす。十何年ぶりだけど、けっこうそういうやり方は身体が覚えているもんだと感心した。

椅子に座ると、あおいちゃんもすぐに隣に座った。遠いと思ったのか、椅子を移動して近づけた。お互いの二の腕の距離は十センチ。

警察官が非番に釣りをしていても何の問題もない。そこにたまたま知り合いの女子高生がやってきて座って見ていても、もちろん問題ない。

やましいところは何ひとつない。

「パーカ、似合いますね」

あおいちゃんが顔を横に向けて、そしてちょっとだけ手を上げて首筋のフードの辺りを指差して言う。

「そう？」

普段着なんだけど。

「宇田さんは、ちょっとだけハデな色を入れた方が似合います。その赤がいいです」

「あ、そう？」

このパーカのフードの裏が赤色なんだ。表はグレーなんだけど。

「じゃあ、今度買う服もその辺を意識するよ」

「そうした方がいいです！」

思いっきり笑顔であおいちゃんが言う。そういうあおいちゃんは紺色のショートブルゾンを羽織(はお)っているけど、似合っている。わからないけど、彼女はわりと渋い色の方が笑顔が引き立つんじゃないか。

いや、そもそもが美少女だから何を着ても似合うんだろうけど。

晴れて、よかった。非番の日に晴れると洗濯をしたくなるので、出る前にありったけのものを洗っておいた。

「写真、撮らないの?」

あおいちゃんはしっかりデジカメを首からぶら下げている。

「お話ししてからにします」

僕を見て、微笑んだ。ちょっとだけ緊張しているようにも見えるけど、そうなのかな。でも、きっと彼女はこういう状況で、緊張していても自分をコントロールできるんじゃないかな。

浮きを見た。全然動きはない。小学校のときもそんなに釣った覚えはないんだけど。

「市川公太はね」

「はい」

「僕の同級生だったんだ」

知ってます、っていうふうに頷いた。

「じっくり話したんだ。奥さんの市川美春さんとも僕は会っていたから、その話もしたんだ」

あおいちゃんは僕を見ながら、こくん、と、頷いた。

「あいつのやってることに気づいたのは、偶然?」

「偶然です」

　あおいちゃんが言った。

　あおいちゃんはさくらさんから僕があおいちゃんのやったことを知っていると聞いたそうだ。さくらさんとあおいちゃんのお祖母ちゃんと僕の祖父の関係も。

「ホントにホントの偶然で、見ちゃったんです。見ちゃったというより、聞こえたって言った方が正解で」

「聞こえた？」

「私、耳もいいんですよね。いいっていうか、そこのところだけ耳に入ってくるっていうか」

「どういうこと？」

　あおいちゃんが首を傾げた。

「たとえば、ショッピングセンターのフードコートとかに行くと、周りで色んな人が喋ってますよね？　それはもう雑音みたいで、聞こえてはいてもすーっと右から左へ通り過ぎていきますよね？　内容なんか入ってきませんよね」

「そうだね」

　その通りだ。

「その中で、何か、引っ掛かることがあるとそこだけちゃんと耳が捉えるんです。その会話を」

なるほどそういうことか。

きっと天才的な掏摸の感覚はそういうところにも生きてるんだ。

「無意識のうちに、自分に関係あるかもしれない言葉が耳に入ってくるとそれを聞いちゃうんだね」

「そういうことです。そのときには、〈鈴元整備〉って聞こえてきたんです」

「杏菜ちゃんのおうちだ」

「そうです」

そんなフードコートで話していたのかあいつは。

でも、案外そういうものだ。悪いことをしようとする連中は意外とこそこそしない。人のいるところで堂々と悪事の相談をする。かえってその方が誰にも怪しまれない。

「それで、市川公太が不良たちに小遣いをやって、そいつらを使ってあちこちの個人経営の人たちに悪さをしていたのを知った、と」

こくり、と、あおいちゃんが頷いた。

杏菜ちゃんのお父さんの整備工場で、車のタイヤがパンクさせられていたのも公太の指示だった。中学生や高校生のちょっと悪い連中だったら、一回千円でも渡せばそんなことは簡単にやるんだ。

それでどうなるかというと、当然、お父さん方は腐る。景気も悪い上に、運も悪いのかと愚痴をこぼす。そして、金はないけど一杯やって憂さでも晴らさないとやってられないとなる。

そこに、公太がするりとあの口先の巧さで入り込んでいくんだ。「うちでパーッと気晴らししなよ！　カワイイ子と楽しく喋ってさ！」と。

「随分とみみっちい、遠回りなやり方だよね」

「でも、それでけっこう儲かっていたんですよね？」

そうらしい。

回りくどいようで、実はかなり効果的な方法だったのかもしれない。一度でも店に、公太の店に来たそういうお父さんたちは常連になっていった。使っていた女の子たちもきっと魅力的な子ばっかりだったんだろう。

だったら最初っから普通に呼び込みしてても行けるんじゃないかって思うけど、そこは、水商売の勘所を摑んでいた公太ならではの、言ってみれば〈営業〉の巧さだったのかもしれない。

「どれぐらい、被害に遭っていたんですか？」

「全部は摑めていないけどね」

会社の窓が夜中に割られていた、車に傷をつけられた、庭を荒らされていた、そんなような小さな被害届は交番にいくつも出されていた。全部が公太の指示によるものとは言い切れないし、被害届を出さない場合もあるだろうから調べようもないんだけど。

「本人の話では、二十や三十はあったらしいね」

「そんなに。ところで全然釣れませんね」

「来ないね」

当たりはまるでない。

「まぁ釣りっていうのは、待つのを楽しめないと」

「そうなんですか。もう市川公太さんはそんなことしないんですよね？」

「しないと思うよ」

いや、もうしない。やっていた店はもう畳んでしまった。今は、真っ当な知り合いのところでアルバイトをしている。

アルバイトしながら、勉強をしている。

「今は、勉強しているよ」

「勉強」

そう。

「将来は、弁護士になるって」

「弁護士ですか⁉」

びっくりしたね。

「実は僕も行成もびっくりした」

いきなりだった。

今までの自分を反省して人生を見つめ直してくれた、ってところまでは僕たちも想像していたし、その後、どんな職業に就くかとかいろいろ相談に乗ってほしいって言ってくるかなって思っていたんだけど、いきなりそこに行った。

「どうして、そんな方向に」

「簡単に言ってしまうと、公太は僕と行成と、昔みたいに三人で集まって過ごしていると楽しいって気づいてくれたんだ。そこはわかるよね」

「わかります。あぁ友達だったんだなって気づいてくれたんですね？」

そういうこと。

「そして、僕は警察官で、行成はお坊さんだ。それはもう一生変わらない。じゃあ自分は何だって考えて、僕ら二人と一緒にいつもつるむためには弁護士になるしかないんじゃないかって」

笑ってしまった。

「わかんないです。どうして？」

「人を救えるからだって」

あぁ、ってあおいちゃんが頷いた。

確かにそうだ。警察官が果たして人を救っているかどうかという疑問はあるけど、そしてお坊さんが人を救う職業なのかどうかって思うけど、でも、公太はそう思ってくれたらしい。

「たぶん、照れ隠しだと思うんだけど」

「照れ隠し」

要するに、これからも僕と行成と会って楽しく過ごしたい。それには、警察官である僕に迷惑を掛けないためにも真っ当な商売をした方がいいって考えてくれたんだと思う。

「対抗心みたいなものもあったのかもしれない」

「対抗心？」

「張り合うって感じかな。お前が警察官になったなら、俺は弁護士になってやる、みたいな」

くすっと笑った。

「男の子って単純ですよね」

「否定できないな。あるいはひょっとしたら、ずっと小さい頃に弁護士になるっていう夢があったのかもしれない」

「でも、そんなふうに思ったのも、ひょっとしたらそういう夢を思い出したのも、二人で説得してくれたからですね。副住職さんと二人で」

「説得は、していないかな」

　僕と行成は、ただ話をしただけだ。

「お前のやっていることを知っている人がいるってね。その人は、お前のことを救おうとしているんだぞって」

　あおいちゃんを見ると、ちょっとだけ顔をくしゃりと顰めて、恥ずかしそうに下を向いた。

「僕と行成はそう判断したんだよ。だから、奥さんがあいつの知らないところで育児放棄しかけていたことも話した。そこは男としてきっちりきつく話したよ。お前は父親としてそんなことでいいのかって。情けないんじゃないかって。それもこれも含めて、お前はある人に救われたんだぞってね」

「そんな大袈裟なことじゃないと思うけど」

「いや、本当に」

　実際、公太の奥さん、美春さんは本当に感謝していた。

「公太は何となくわかっていたね。自分の財布から二十万円を掏り取ったのは若い女の子だったって」

「そうなんですか⁉」

びっくりしてる。

「バレないと思っていた？」

「思っていました」

普通の人間なら気づかなかっただろうね。

「でも、あおいちゃんは知らなかっただろうけど、あいつは、市川兄弟はちょっと特別な記憶力を持っているんだ」

話してあげた。〈スーパーいちかわ〉で泰造くんが目撃した女子高生の凄い技を全部覚えていたことを。眼を丸くしている。

「そんなことができる人がいるんですね」

「それは、僕もあおいちゃんに言いたいよ。どうしてそんなことができるのって」

えへへ、と、笑った。あおいちゃんは確かに掏摸をした。けれども、そこには善意しかなかった。警察への、ちょっと風変わりな一般市民の協力と思うことにした。僕はそう決めた。

「まぁ、それでも」

ここはちゃんとあおいちゃんにも言わなきゃならない。

「人一人の人生には、いろんなものが詰まっているんだ。あおいちゃんは、市川公太のことを何も知らないだろう？　単純に悪いことをしている人だって思った。そして僕と行成の同級生だってことも知った。だから、何とかしてもらおうと思って、二十万を掏り取った。それは、警察官としては不問に付してもいいと思う。あおいちゃんは、人助けをしようと思っていたんだ。でも」

あおいちゃんを見る。真剣な顔をして、僕を見ている。

「公太の人生にも、いろんなことがあった。僕も知らなかったようなことが」

出生の、事情。

それも話してあげた。弟の泰造くんのことも含めて。あおいちゃんは、少し真剣な表情をして、唇を引き締めていた。

「気持ちはわかるよね？　どうして掏くれてしまったのか。もちろん、そんなことで掏くれないでちゃんと人生を生きてる人はたくさんいるし、それで許されることじゃないけど、公太がどうしてそうなってしまったかは、理解できるよね？」

「できます」

「だから、あおいちゃんはね」

「はい」

「これからも〈平場師〉としての技を使って、人助けをしようと思うんだったら、その人たちの人生までちゃんと考えなきゃならないんだ。でも、そんなことは普通の女子高生には無理なんだから」

ちゃんと、相談してほしい。

そう言うと、あおいちゃんの唇がなんかふにゃふにゃと動いた。

「それは、宇田さんに、でしょうか」

「僕でもいいし、行成でもいい。あおいちゃんの腕は信用しているし、絶対に失敗なんかしないと思うけど、それでも、だよ。もしもってことが起きてしまうと、困るんだ」

「宇田さんが困るんですか」

「そうだよ」

困るんだ。

あおいちゃんが、嬉しそうに、すっごく嬉しそうに、今にも足をじたばたしそうな感じで頬(ほお)を緩(ゆる)めた。

「それは、私の正体を知っている警察官として、ですか。それとも」

まぁ、そこは。

「両方だよ」

解説　特殊な〝能力〟持つキャラが織りなすドラマ

書評家　吉田伸子

二〇一二年、小路さんが『スタンダップダブル！』を刊行された時、インタビューをさせていただいた時のこと。小路さんの物語では、常に大人は子どもを守るべき存在として描かれている（と、私は思っていて、それは今でも変わっていない）点に関してうかがったことがある。小路さん自身は、特に意識して描いているわけではない、とのことだったのだが、そこから昭和のドラマへと話が繋がっていったのがとても興味深かった。

小路さんと私は同い年で、一九六一年＝昭和三十六年生まれ。ちなみに、この世代のちょっと前は、いわゆる〝団塊かぶり〟であり、ちょっと下が〝新人類〟。時代は平成、さらには令和へと移り、実際に過ごした時間は現時点では平成が最も長いのだけど、私は自分を平成世代だとは思えない。自分がどの時代に属するのか、それは、どの時代に十代を過ごしたか、で決まると私は思っているからだ。私は昭和の子であり、昭和世代だ、と思っている。おそらく、小路さんもそうなのではないか、と思う。

その昭和世代の共通項の一つに、ドラマがある。あの頃、毎週放映されるテレビドラマは、日常の娯楽の最たるものだったのだ。TBSの日曜劇場、金曜ドラマ、日テレは土曜グランド劇場……。TBSには「赤いシリーズ」もあったし、NHKのドラマも山田太一さんの「男たちの旅路」（七十六年）とか向田邦子さんの「阿修羅のごとく」（七十九年）とか。とにかく、レジェンド級の名作が放映されたのだ。

インタビューで、小路さんはこんなふうに語っていた。

――理想の大人、理想っていうとちょっとニュアンスが変わってきちゃうんだけど、（大人が）そうあるべき姿、が描かれていたのが昔のドラマであり映画だったと思うんですよね。それと同時に、そこから少しズレた若者たちというのも、僕らが中学生、高校生の頃にドラマとして描かれました。「傷だらけの天使」に象徴されるアウトロー的なスタイルとかもね。

そういうドラマを観てきたことが、小路さんの作品の「大人像」のベースになっている、というのは同世代としてはもちろん、小路さんの物語の読者としても、とても納得がいったことを覚えている。

さて、本書である。既に、『春は始まりのうた　マイ・ディア・ポリスマン』『夏服を着た恋人たち　マイ・ディア・ポリスマン』が出ていることからもわかるように、本書はマイ・ディア・ポリスマンシリーズの第一作めだ。奈々川市坂見町にある、東楽観寺前交番に勤務するお巡りさん＝ポリスマン、宇田巡巡査の語りから、物語は始まる。交番名からも推察される通り、交番の後ろには東楽観寺があり、その寺の副住職・大村行成は、巡の小学校の同級生で当時は親友だった。といっても、同級生だったのは三年間だけ。巡が小学校三年の冬休みに親の都合で引っ越しをしてしまい、それきり交流が途絶えていたのが、巡が偶然、東楽観寺前交番に赴任して来たのを機に、再び交流が始まったのだ。

交番の入り口脇には、コカ・コーラの真っ赤なベンチが置いてある。ある朝、そこで雑談をしていた巡と行成が目にしたのは、電信柱の影に隠れて、こちらの様子を窺っている女子高校生。気になって、巡が声をかけたところ、走り寄って来た彼女は言った。巡の写真を撮らせてください、と。自分はマンガを描いているのだが、交番のお巡りさんを主人公にしたマンガを描きたいと思いついた。ついては、その資料として、制服姿の巡の写真を撮らせてください、と。

楢島あおいと名乗ったその女子は、綺麗な顔立ちで、立ち姿もしゃんとしていた。仕事柄もあり、「観察眼には長けている」と自負している巡は、あおいが外見だけではなく、内面も強い女の子だ、と直観し好感を持つ。彼女の被写体となることも快諾。やがて、撮影を終えたあおいは、途中からひょっこり現れ、〝撮影会〟に加わっていた親友の鈴元杏菜とともに学校へ。二人の背中を見送り、振り返った巡の目に飛び込んできたのは、コカ・コーラのベンチの上に置かれた、女物の二つ折りの財布だった。

行成に聞いても、彼のものではないし、ましてや彼はずっとそのベンチに座っていたのだ。誰かが財布を置いたら、すぐに気づいたはずだ、と。あおいも杏菜もベンチには近づいていない。では、この財布は、一体どこからやって来たのか。このお財布が全ての始まりで、物語は進んでいく。

財布に入っていた免許証から、持ち主が三丁目の飯島団地に住む市川美春という女性のものだとわかり、巡は財布を届けに団地に出向く。あいにく、美春は不在だったものの、ドアの向こうに気配を感じた巡が、再度チャイムを鳴らそうとしているところに、当の美春が帰って来る。自分のバッグに財布がないことに気づいた美春は慌てつつも、巡をドアの外に待たせたまま、部屋から本人確認の保険証を取って来て、書類にサインをし、財布を受け取り、それでお終い。どうして財布を紛失したのか、聞きたいことは山ほどあった巡だが、何一つ事情を聞けないまま、立ち去らざるを得なかった。

ここまでが、巡の視点で語られる第一節で、第二節は行成の視点、そして第三節は楢島あおい、と次々と登場する人物たちによって積み上げられていく物語が、一つのお財布の謎に収束して、そこからまたそれぞれの人物たちのドラマとリンクしていく。シリーズ第一作めであるので、本書は主要キャラの「顔見せ」的な役割も担っているのだが、それが、ストーリーに無理なく溶け込んでいるあたり、小路さんのストーリーテリングの巧さが存分に発揮されている。

本書では、あるキャラたちに、特殊な〝能力〟を持たせているのだが、それもまたこのシリーズの肝の一つ。たとえば、巡はここぞという時限定ではあるが、第六感が働く（高校生の時に、そのカンが働いて、指名手配の犯人を見つけていて、そのことが巡が警察官という仕事に就いた理由にもなっている）。行成は行成で「十回に一回ぐらい」ではあるものの、他者の「腹のうちが読める」。二人の小学校の時の同級生で、美春の夫である市川公太と、公太の弟・泰造には「自分が見た光景をしばらくの間ははっきりと覚えている」。泰造にいたっては、「ある程度までならまるでビデオの巻き戻しみたいにして、自分が見た光景を精査できる」。

彼らだけではない。あおいにも、ある特殊な能力があり、加えて彼女にはある特技、もある。彼女の能力と特技が何なのか、は実際に本書を読んで確かめられたい。そして、彼女の能力と特技、二つに関わっているキーパーソンが彼女の亡くなった祖母なのだが、その祖母繋がりのキャラである金貸し（！）の老女・天野さくら。彼女には特種な能力はないのだけど、坂見町で「半世紀以上も、裏道を歩いている」姐さん、という設定なのだ。このさくらがね、もう、渋かっこいいの、なんのって。

小路さんの物語は、どの作品も映像喚起力が強いのだけど、本書も同様で、とりわけこの老女さくらは、私の中で沢村貞子一択！

この、映像喚起力の強さも、小路さんのベースに昭和のドラマがあることに繋がっていると思うのだが、どうだろう。

さてさて、特殊能力を備えたキャラたちが、本書以降、どんな活躍を見せていくのか、ぜひ続編もお読みください。

（この作品『マイ・ディア・ポリスマン』は平成二十九年七月、小社より単行本として刊行されたものです）

マイ・ディア・ポリスマン

一〇〇字書評

切・り・取・り・線

購買動機（新聞、雑誌名を記入するか、あるいは○をつけてください）

□（　　　　　　　　　　　）の広告を見て	
□（　　　　　　　　　　　）の書評を見て	
□ 知人のすすめで	□ タイトルに惹かれて
□ カバーが良かったから	□ 内容が面白そうだから
□ 好きな作家だから	□ 好きな分野の本だから

・最近、最も感銘を受けた作品名をお書き下さい

・あなたのお好きな作家名をお書き下さい

・その他、ご要望がありましたらお書き下さい

住所	〒				
氏名		職業		年齢	
Eメール	※携帯には配信できません			新刊情報等のメール配信を 希望する・しない	

この本の感想を、編集部までお寄せいただけたらありがたく存じます。今後の企画の参考にさせていただきます。Eメールでも結構です。

いただいた「一〇〇字書評」は、新聞・雑誌等に紹介させていただくことがあります。その場合はお礼として特製図書カードを差し上げます。

前ページの原稿用紙に書評をお書きの上、切り取り、左記までお送り下さい。宛先の住所は不要です。

なお、ご記入いただいたお名前、ご住所等は、書評紹介の事前了解、謝礼のお届けのためだけに利用し、そのほかの目的のために利用することはありません。

〒一〇一‐八七〇一
祥伝社文庫編集長 坂口芳和
電話 〇三（三二六五）二〇八〇

祥伝社ホームページの「ブックレビュー」からも、書き込めます。
www.shodensha.co.jp/bookreview

マイ・ディア・ポリスマン

令和2年6月20日　初版第1刷発行

著　者　小路幸也（しょうじ ゆきや）

発行者　辻　浩明

発行所　祥伝社（しょうでんしゃ）

東京都千代田区神田神保町3-3
〒101-8701
電話　03（3265）2081（販売部）
電話　03（3265）2080（編集部）
電話　03（3265）3622（業務部）
www.shodensha.co.jp

印刷所　錦明印刷

製本所　ナショナル製本

カバーフォーマットデザイン　芥 陽子

Printed in Japan ©2020, Yukiya Shoji　ISBN978-4-396-34639-3 C0193

祥伝社文庫の好評既刊

飛鳥井千砂　君は素知らぬ顔で

気分屋の彼に言い返せない由紀江。彼の態度は徐々にエスカレートし……。心のささくれを描く傑作六編。

安達千夏　モルヒネ

在宅医療医師・真紀の前に七年ぶりに現われた元恋人のピアニスト・克秀の余命は三ヵ月。感動の恋愛長編。

安達千夏　ちりかんすずらん

「血は繋がっていなくても、この家で女三人で暮らしていこう」――祖母、母、私の新しい家族のかたちを描く。

五十嵐貴久　For You

叔母が遺した日記帳から浮かび上がる三〇年前の真実――彼女が生涯を懸けた恋とは？

五十嵐貴久　リミット

番組に届いた自殺予告メール。〝過去〟を抱えたディレクターと、異才のパーソナリティとが下した決断は⁉

五十嵐貴久　編集ガール！

出版社の経理部で働く久美子。突然編集長に任命され大パニック！　問題ばかりの新雑誌は無事創刊できるのか⁉

祥伝社文庫の好評既刊

五十嵐貴久　**炎の塔**

超高層タワーに前代未聞の大火災が襲いかかる。最新防火設備の安全神話は崩れた――。究極のパニック小説！

伊坂幸太郎　**陽気なギャングが地球を回す**

史上最強の天才強盗四人組大奮戦！映画化され話題を呼んだロマンチック・エンターテインメント。

伊坂幸太郎　**陽気なギャングの日常と襲撃**

華麗な銀行襲撃の裏に、なぜか「社長令嬢誘拐」が連鎖――天才強盗四人組が巻き込まれた四つの奇妙な事件。

伊坂幸太郎　**陽気なギャングは三つ数えろ**

天才スリ・久遠はハイエナ記者火尻にその正体を気づかれてしまう。天才強盗四人組に最凶最悪のピンチ！

石持浅海　**扉は閉ざされたまま**

完璧な犯行のはずだった。それなのに彼女は――。開かない扉を前に、息詰まる頭脳戦が始まった……。

石持浅海　**Rのつく月には気をつけよう**

大学時代の仲間が集まる飲み会は、今夜も酒と肴(さかな)と恋の話で大盛り上がり。今回のゲストは……!?

祥伝社文庫の好評既刊

石持浅海　**君の望む死に方**

「再読してなお面白い、一級品のミステリー」——作家・大倉崇裕氏に最高の称号を贈られた傑作！

石持浅海　**彼女が追ってくる**

かつての親友を殺した夏子。証拠隠滅は完璧。だが碓氷優佳は、死者が残したメッセージを見逃さなかった。

石持浅海　**わたしたちが少女と呼ばれていた頃**

教室は秘密と謎だらけ。少女と大人の間を揺れ動きながら成長していく。名探偵碓氷優佳の原点を描く学園ミステリー。

泉　ハナ　外資系オタク秘書　**ハセガワノブコの華麗なる日常**

恋愛も結婚も眼中にナシ！「人生のすべてをオタクな生活に捧げる」ノブコの胸アツ、時々バトルな日々！

泉　ハナ　外資系オタク秘書　**ハセガワノブコの仁義なき戦い**

恋愛・結婚・出世……華麗なるオタク生活に降りかかる〝人生の選択〟。ノブコは試練を乗り越えられるのか⁉

泉　ハナ　外資系秘書ノブコの　**オタク帝国の逆襲**

愛するアニメのスピンオフ映画化が資金面で難航している。それを知ったノブコは……共感&感動必至の猛烈オタ活動!!

祥伝社文庫の好評既刊

桂 望実　恋愛検定

片思い中の紗代の前に、突然神様が降臨。「恋愛検定」を受検することに……。ドラマ化された話題作。

加藤千恵　映画じゃない日々

一編の映画を通して、戸惑い、嫉妬、希望……不器用に揺れ動く、それぞれの感情を綴った八つの切ない物語。

加藤千恵　いつか終わる曲

うまくいかない恋、孤独な夜、離れてしまった友達……。〝あの頃〟が痛いほどに蘇る、名曲と共に紡ぐ作品集。

小手鞠るい　ロング・ウェイ

人生は涙と笑い、光と陰に彩られた長い道のり。時と共に移ろいゆく愛の形を描いた切ない恋愛小説。

近藤史恵　カナリヤは眠れない

整体師が感じた新妻の底知れぬ暗い影の正体とは？　蔓延する現代病理をミステリアスに描く傑作、誕生！

近藤史恵　茨姫はたたかう

ストーカーの影に怯える梨花子。整体師合田力との出会いをきっかけに、初めて自分の意志で立ち上がる！

祥伝社文庫の好評既刊

近藤史恵　Shelter〈シェルター〉

心のシェルターを求めて出逢った恵といずみ。愛し合い傷つけ合う若者の心に染みいる異色のミステリー。

坂井希久子　泣いたらアカンで通天閣

大阪、新世界の「ラーメン味よし」。放蕩親父ゲンコとしっかり者の一人娘センコ。下町の涙と笑いの家族小説。

佐藤青南　ジャッジメント

容疑者はかつて共に甲子園を目指した球友だった。新人弁護士・中垣は、彼の無罪を勝ち取れるのか？

瀬尾まいこ　見えない誰かと

人見知りが激しかった筆者。その性格が、どんな出会いによってどう変わったか。よろこびを綴った初エッセイ！

中田永一　百瀬、こっちを向いて。

「こんなに苦しい気持ちは、知らなければよかった……！」恋愛の持つ切なさすべてが込められた小説集。

中田永一　吉祥寺の朝日奈くん

切なさとおかしみが交叉するミステリ的表題作など、恋愛の〝永遠と一瞬〟がギュッとつまった新感覚な恋物語集。